１日１個、川原にパンを拾いに行く。

つれづれノート㊳

銀色夏生

角川文庫
22376

1日1個、川原にパンを拾いに行く。

つれづれノート㊳

2020年2月1日㈯
〜
2020年7月31日㈮

2月

2020年2月1日（土）

今日、サクと高いお寿司《すし》屋《や》さんにランチに行く。私が食べたかったのと、サクに経験させてあげたかったから。今まで数回行ったことのある好きなお寿司屋さんだったけど、値段が上がっていた。おいしいはおいしかったけどもういいかなと思ってしまった。

そのあとプールで泳ぎながら、「おいしいものっていったいどういうことだろう？」と長いこと考えた。自分にとってのおいしいものなら私が自分で作ることができるのではないか。プロの方法とは別の方向で。自分が感じるおいしさをつきつめて考え、自分なりの方法で、好きな素材を好きな味に調理できるかも知れない。できる気がする。これからいろいろ考えてみたい。

コロンボ（武田《たけだ》邦彦《くにひこ》）先生の番組「ホントの話」の中の新型肺炎に関する話を聞いて気持ちが落ち着いた。いろいろな人がいろいろなことを言うのでどう捉《とら》えたらいいのかわからなかったが、自分が信頼している人の話を聞いておくのがとりあえずいいのだと思う。それから先生の音声ブログでの超伝導の話。超伝導ってなんだろう？と思っていたので聞けてよかった。

カーカがゲーム友だちとゲーム動画の音声を録音し始めた。聞こえてくるのはアニメ声。「ちゃちゅがでちゅ」なんてかわいい声で言ってる。おお。気持ち悪い。いつもはあんなにどでーんとしてぶすーっとしているくせに。すぐにサクの部屋に行って教える。ゲーム中だったサクもお茶を飲むふりをして聞きに来た。

ね。

サクとまたぼそぼそ話す。

紙に、カーカへのお願いを箇条書きにすることにした。

カーカへ　家族から、守ってほしいこと

1　3月までに引っ越す。できるだけ早くお願い（それまでは月末に2万円払う）

2　ゲームは12時まで。大声や大きな笑い声をたてない。

3　食べた皿はすぐシンクへ。

4　（今後何かあったら加えるために空白）

これを冷蔵庫の横の壁に貼った。

2月2日（日）

昨日今日でネットフリックスのドラマ「ザ・ストレンジャー」を一気に見る。謎が次々と続いていくミステリーで疲れた。おもしろいというより、なにがなんだか。

明日から約1ヶ月、改修工事のためにジムがお休みになる。プールに行ったらみなさん、「休みの間どこに行く?」と話してる。系列の他の支店を使えるのだそう。私はどこにも行かず、仕事と宮崎。

夜。海鮮鍋《なべ》。スープにずっと使い忘れていたえび味噌《みそ》を加えたらとてもおいしくできた。

2月3日（月）

個人番号カードの更新のため区役所の出張所に行く。とても面倒だ。

もう5年もたったなんて。5年後はまた新しく作り直さなくてはいけないそう。あんまり使うことないけどなあ。帰りに無印良品《むじるしりょうひん》で日用品を買う。歯ブラシ立て、ハンガーなど。手ごろな価格のふわふわした毛布も予定外に買ってしまった。今使ってる毛布の多くは10年以上使っていて、もう薄く、硬くなってしまってるから。

午後、録画していた番組をいくつか見る。

テレビの番組表を見たらNHKの「プロフェッショナル」がダリアの育種家と書いてあったので久々に録画しておいた。最近、ダリアに興味があるので。いつのころからか素敵なダリアを見かけるのだ。黒に近い赤色で花びらが炎のような感じのやつ。

そして番組を見たら、その理由がわかった。「ダリアの神様」と呼ばれている育種家の鷲澤《わしざわ》さんという方が、たくさんの新種のダリアを世に出していた。興味深く見た。ダリアの栽培に夢中になって、バカだと言われても家族を犠牲にして小屋に泊まり込み、ダリアの世話をしてきた偏屈な鷲澤さんの人生。

「黒蝶《こくちょう》」というダリアがあって、昨今のダリア人気に火をつけた名作だそう。これだな。私がいいと思ったのは。これを庭に植えたいな。

ダリアってとてもたくさんの色や形があっておもしろい。種からはどんな花が咲くのかわからないのだそう。だから球根で売ってるのか。

夜はカーカと鹿児島から買ってきたラーメン2種類（豚《とん》とろラーメン、勝武士《かつぶし》ラーメン）を作って半分ずつ食べる。それと恵方巻。ラーメンを作るのに大声で喧嘩《けんか》しながら作った。お湯の量がなんたら！　もやしが！って。

2月4日（火）

今日から仕事で細かい作業の予定だけど、まだやる気にならず、いつものようにグズグズ先延ばし。明日からでいいかなあと、テレビの肺炎の話題など見てる。

夕方早くカーカが帰ってきた。そこでくだらないことで軽い言い合いになり、急に気分がくさくさする。なのでパソコンを抱えて家を飛び出した。

カフェのカウンターで仕事をする。怒りを仕事に向けたのだ。すこし進んだのでよかった。10分の1ぐらい。

帰りに買い物。今日はたらこスパゲティにしよう。夕飯もそれぞれ別々に食べることにする。喧嘩の前は「どこか食べに行く？」なんてことまで言ってたけど。

家に帰ったら、また大声でゲームしてる。私はイヤホンをつけて藤井《ふじい》七段の順位戦の解説を聞きながらご飯の下ごしらえ。最近凝ってる青い大根のサラダと、しめじソテー。

2月5日（水）

今日も集中して仕事。

ときどきテレビを見て休憩。ワイドショーではクルーズ船の新型肺炎の話題でもちきりだ。ジムの知人が乗ってるらしいと聞いたので映像が出るとどこかに写ってないか食い入るように探す。

夜は唐揚げを作った。揚げ物を作るのは年に数回かなあ。

2月6日（木）

今日も仕事。ヘナで髪を染めながら。順調に進んだのでホッとする。

頭に銀のヘアカバーをつけてるので一度も外に出ず、冷蔵庫にあるものでご飯。冷凍の塩サバを焼こう。塩サバ大好き。

2月7日（金）

「つれづれノート㊲」の原稿チェックが終わり、続いて確定申告の書類書きに取りかかる。

税務署の書類を見ていたら来年から青色申告の適用要件が変わります、と書いてある。読んでみるとe-Taxによる申告にするか電子帳簿保存の承認申請を提出しなければならないらしい。面倒くさい〜。というか難しくてたぶんできない。今のままだといけないの？　と引き続き読み進めたら、…ああ。控除額が減るのか。だったら今のままでいいや。

夜。前に東海道《とうかいどう》をテクテク歩いた歩き仲間である幻冬舎《げんとうしゃ》の編集者と3人でご飯。四谷《よつや》三丁目のこぢんまりとしたビストロでしっとり語りながら3杯ほどワインを飲む。上海《シャンハイ》ディズニーランドと相撲観戦の話が出て、いつか一緒に行こう！　と約束。

2月8日（土）

いい天気。明日から宮崎なので今日はその準備。持っていくものを考える。部屋の中は干した洗濯物や乾いてたたんだ洗濯物でいっぱい。

お昼はサクがウーバーイーツでマックのごはんバーガーを注文したいと前から言ってたのでそれを頼もう…としたら、そのメニューは午後5時からだった。残念がるサク。なので夕飯に作ろうと思っていたビーフシチューを先に作って、夜お腹すいたらそれを注文するということにした。

夜になったので、予定通りウーバーイーツでマックのごはんバーガーを注文。配達してくれる人はダイゴって名前だった。アプリに地図が現れ、ダイゴの自転車が待機、そしてごはんバーガーを持ってこちらへ進んでくるのが画面上に見える。わあ。もうすぐ着く！　と思ってたらピンポンと鳴った。いそいそと出る。

玄関にダイゴさんが来て、ごはんバーガーを受け取る。料金の支払い作業がないのでとても簡単でいいと思った。ごはんバーガーは3種類を味見した。楽しかった。

2月9日（日）

宮崎へ。

飛行機で、隣に座ったのが生後6ヶ月ぐらいの赤ちゃんを抱っこした若いお母さん。コートを脱いで荷物を上にあげて。飛行機の移動って大変だよね…。

こちらに気を遣っているようなので大丈夫ですよとそれとなく示す。離陸してすぐ赤ちゃんに離乳食をあげている。アムアムと口を開けて無心に食べる赤ちゃん。かわいい。私は本を読みながら、ふたりを見守るようにずっと気にかけて過ごす。

着陸して、赤ちゃんを反対向きに席に座らせてお母さんが立ってコートと荷物を下ろしてる。その時、赤ちゃんがわずかに後ろにぐらりと動いた。あぶない！

とっさにサッと背中を手で支えた私、同時にお母さんは脚をくの字に曲げて、膝《ひざ》で背中を押さえた。この連係プレー。言葉はなくても母の心は同じ。

「すみません」と頭を下げるお母さん。うなずきながら、「この月齢、大変でしょうが頑張って！」と心の中でエールを送る。

家に着いて、まず庭のチェック。重いバスケットのゴールが倒れてる。強風でか。洗濯物を干すやつも倒れてた。

夜はひとり静かに気ままにご飯。しあわせタイム。テレビをつけたら「ジャンクSPORTS」がお相撲さんだったのでそのまま見た。徳勝龍《とくしょうりゅう》、炎鵬《えんほう》、正代《しょうだい》など。いちばん好きだった話は、みんなのリフレッシュ法を聞いた時の徳勝龍のリフレッシュ法。冬巡業の時、よく付け人と銭湯に行ったそうで、「銭湯から出て、飲み物を飲むんですけど、自分はいつも炭酸水なんですが、付け人に何飲んだの？　って聞くのがすごい好きなんです。『いちごオレ』とか『フルーツ牛乳』とか。ほおお…って」。

その気持ち。わかる。小さいことだけどなんか知りたいことってあるよね。

2月10日（月）

連日、コロナウイルスのニュースだ。

ドラッグストアに行った時にマスクの棚を見たらやはりひとつもなかった。マスクが足りないから健康な人はしなくていいとテレビで言ってたな。そういえば手作りマスクの作り方を動画で見て妙に作りたくなった。手作り熱、むくむく。

冬の剪定《せんてい》を頼んだらノロさんが下見に来てくれた。ひとつひとつの木を回って、これはこうしたい、ああしたいと希望を伝える。さっそく明日《あした》来てくれることになった。

「明日は早くはないですよね？」

「冬は暗いですからね。8時頃に来ます」と笑ってた。夏は4時半ごろ来てた。あせもができるからって。

夕方、温泉へ。今日はどこへ行こうと考え、肉でもなく、ジャングルでもなく、コーヒーでもなく、観光ホテルにした。昔ながらのひなびた温泉ホテルだけど、おかみさんが若くてかわいくて、そのせいか備え付けのシャンプー類がよくある薄いピンクと黄色の安物ではなく植物系でいい感じだし、足ふきもカリッと乾いていて気持ちいい。露天風呂《ろてんぶろ》はあるけど塀に囲まれていて景色は見えず、なので長くはいられないけどお湯がツルツルしていてよくあたたまった。

映画「パラサイト」の率直な感想を先日カーカとさんざん動画で（嫌だったと）話したけどアカデミー賞の作品賞を取ったなんてすごい。見といてよかったわ。確かに好きな人は好きそうな映画だ。特に男性が好きそう。

ということをまた動画で話したら嫌なコメントがついてた。キャア〜！　来た来た。

2月11日（火）

朝、霧が出てる。

今日は剪定。そして将棋の朝日《あさひ》杯。どうしよう。どちらも見逃せない。行ったり来たりしようか。

7時45分、ノロさん来る。私も庭に出て、それぞれの木の希望（手前を切って、下の葉をふやしたい、高さを抑えたいなど）を伝えながら後ろをついていく。どの木にもそれぞれにこうしてほしいという希望がある。それに木を剪定しているのを見るのが好き。絡んだ枝を梳《す》いてもらうとこちらまでスッキリとして気分がいい。

9時に指が冷たくなりいったん家に入る。それから出たり入ったり。

藤井七段は負けてしまった。午後の決勝戦では解説のために師匠と一緒に壇上に出てきた。司会の棋士の先生がおもしろく突っ込んでくれて笑った。

一番大きな木、ヤマモモの枝を抜いてもらう。この木には山鳩が巣を作っているんじゃないかな。「巣がありましたか？」と聞いたら、「鳩が飛んで行ったけど手前の巣は空だった」とのこと。ヤマモモもスッキリ。

庭全体をこざっぱりと散髪してもらったみたいで気分がいい。

「さっぱりしすぎたように見えるかもしれませんが、これから新芽がどんどん伸びるからすぐに元に戻りますよ」とノロさん。

電気の使用量を調べるおじさんが来た。いつもは外からメーターを伸びる棒で見るのだそう。今日はめずらしく私がいたので庭に入ってきた。剪定のおじさんを知っているみたいで声をかけている。そして「雷が落ちませんか？」と私に聞く。

「落ちました。2回も。パソコンやテレビが壊れました」

「でしょう？　見てください」

と、前の畑に立っている有線放送のてっぺんのスピーカーを指さした。

「上に避雷針が見えるでしょ？」

「はい」

「あそこから45度より外に落ちるんですよ」

「あら！」

「保険に入ってますか？」

「はい」

「留守する時はコンセントを抜いたほうがいいですよ。漏電チェックができますけどやりますか？　すぐに終わりますよ。停電してよければ」

と言うので別にしたいわけではなかったけどなんとなくやってもらうことにした。

ブレーカーのところのスイッチをチェック。

大丈夫だった。でも一瞬停電になったので、そのせいで家の外の人感センサー付きの照明が点《つ》きっぱなしになってしまった。4ヶ所も。消し方がわからないのでこうなると夜まで点いてる。やらなくてよかったかも…。

カイガラムシがびっしり枝についていたクロモジの幹2本は相談の上、根元から切ってもらい、周囲に出ている小枝を伸ばして自然な株立ちに仕立てることにした。

午後3時ごろに剪定が終わる。次は夏ごろに伸びすぎた枝を切ってもらおう。ある程度形が整ったら次からの剪定はそれほど時間はかからないそう。

疲れて夕方、うたたね。今日は暖かく春のようだった。

夕食のメニューは、さつま揚げ、辛子明太子《めんたいこ》、庭のふきのとうの味噌《みそ》炒《いた》め、しいたけのバターソテーと焼きチーズ、ほうれん草のお浸し、玄米。おやつは焼き芋を切ってあぶったもの。いつもだいたいこういう感じです。

びわの木を切った時、びわ茶を作ろうと思い立ち、葉っぱを取っておく。

明日から雨が続くそう。何しようかな。掃除でもするか。

夜。サクからラインが。カーカが変なアニメ声でゲームしてて気持ち悪いとＳＯＳ。「どんなふうか録音してきかせて」と言ったら、すぐに届いた。確かに気持ち悪い。あの、このあいだの声。

2月12日（水）

朝からしとしと雨。

雨音と水分が心を落ち着かせる。家の中にいるのが心地いい。

今日も新型肺炎のニュース。クルーズ船の感染者がまた増えたという。うーん。今後の対応について様々な意見がでてるようす。こういう時は断行する人がいないとタイミングを見逃してしまう。けどそれは話し合い型の日本では難しいのかも。断行できる人ってトランプさんのような強権を行使できるキャラの人だろう。


昼はトマトスパゲティ。水菜をパラリとのせて食べる。

午後もずっとコタツに入ってテレビのニュースを見たりネットで本や木の苗を買ったり。たまに庭に出て散歩する。

夜は簡単しゃぶしゃぶ。内容は水菜、豆腐、豚肉。私は鍋《なべ》は品数が少ないのが好き。

おやつは焼き芋を細かく切ってバターとはちみつをかけて焼いたもの。

2月13日（木）

今日は暖かく春のよう。

気分がいいので外に出る。いちごやブロッコリーを買った。お魚を買おうかな。白身魚のソテーみたいなのを食べたいな。鯛《たい》とか鰆《さわら》とか。で、魚屋さんに寄って聞いてみた。いいのがあると言う。フライにしたのを味見させてくれた。やわらかくておいしかった。それを買うことにした。「何ですか？」と聞いたら、ナマズだった。

ナマズ…。

「どこ産ですか？」

ベトナムだった。そうか…。とりあえずひとり分買う。

ヤマモモの枝抜きをして巣がなくなったのか、キジバト（あの山鳩はキジバトともいうらしい）がリビングのすぐ前のテラスのところに巣を作り始めたらしく何度も飛んで来る。どうしよう。録画しようと近づいても動かない。キジバトは一度巣を作るとずっとそこにいるという。一度ヤマモモに巣を作ったので私の庭を自分の家だと思っているのかもしれない。

2月14日（金）

テレビでは新型肺炎のこと。困り顔の岡田《おかだ》晴恵《はるえ》先生の顔を毎日見るのが楽しみ。槇《まき》原敬之《はらのりゆき》の逮捕のこと。やはり薬を断つのは難しいんだな。麻薬は「気持ちよさの前借り」と誰かが言っていた。薬の力で得る強烈な快感は快感の前借りで、それをそのあと返さなければいけないし、それだけでなく、それ以外に喜びがなくなってしまいずっと追い求めることになる、と。前借りだったら嫌だね。

今日はとても暖かい。今までの服だともう暑いほどだ。陽射しに誘われて庭に出ると、もう春咲く草の花が咲いていた。

2月15日（土）

今日は寒くないけど雨が降ったりやんだり。なので雨が降ってない時に植物の移植をする。赤茶色の葉っぱの植物が大きくなって倒れてきたので株分けして移植した。

新型コロナウイルスが街中に広がってきたというので対策法を調べる。高須《たかす》クリニックの院長の息子さんの高須幹弥《みきや》さんの動画も見た。予防法とか、生物兵器ではないと思う理由とか。質疑応答形式で、「はいっ、はいっ」と質問を聞きながら淡々と落ち着いて語られていて聞きやすい。

興味を持ち、過去の動画を見ていたら少子化対策についての質問に答えているのがあった。人々が結婚をしなくなってると言う。そうなった理由を男女それぞれにたくさん挙げていた。そして、結婚しない男の理由のひとつに「エロが充実しすぎてる」と。ネットやマンガでかなりかわいい女の子がいろいろなことをしているのを見ることができるので現実の女性とつきあうのは面倒くさいと思う男も出てきている、と真顔で淡々とおっしゃる様子に思わずアハハと声を出して笑ってしまった。おもしろい。

でも幹弥先生の動画を見ると少し気が沈むので、そのあとに見る用の明るい人の動画も用意してある。でもこちらはちょっとマニアックなのでこちらはこちらで油断できない。

タイサンボクとムクゲ2本（赤と薄紫）の苗が届いた。明日以降、植え付けよう。タイサンボクの苗の重さに一瞬ひるむ。1・5メートルほどの木。どうしてこんな大きな苗を買ってしまったのだろう…。赤いチューリップの苗がひとつオマケに入っていてちょっとうれしい。赤はそれほど好きじゃないけど。
先日、ルリヤナギや黄色い沈丁花《じんちょうげ》を注文した時はカーネーションの花が入っていた。最近その苗屋さんはおまけをつけてくれる。

手作りマスクの作り方を調べた。どんな素材で…？　型紙ないかな…。見ているうちにだんだん面倒くさくなってきたので、バッと立ち上がり、引き出しの中の使ってないハンカチを探す。あった、あった。ガーゼのはなく、よくあるミニハンカチ。それの上下を折り曲げて4ヶ所を糸で閉じてゴムを通した。数分で完成。簡単に。いざという時に使おうっと（使ったのは2回ほど）。

2月16日（日）

日曜日。

いつものようにセッセとしげちゃんが顔を見せに来た。

セッセの家作りはとても大変そう。先日の守口ルーターを使って材木を削ろうと思い、その材木も、買うのでなく今住んでるボロボロの家の一部を壊してそれを柱にしようと思って、柱に使えそうな小屋根を外そうとし、その前に周辺の片付けを始めた時点で、これは自分では無理だと気づいたそう。セッセはどんなに人から無理だと諭されても一度自分で実際にやってみないと気が済まないのだそう。そしてできないことを確信して、初めて諦《あきら》めるという。

それは私もまったく同じなのでとてもよくわかる。私も人に相談すると無茶で無謀だと諭されるようなことでも自分で実際にやって、できないのならそのできない理由を見極めたいという思いが強く、いつも誰にも言わずに実行する。

「同じだからよくわかる」とふたりでうなずきあう。とにかく、柱などを自作するのは諦めて、木材のプレカットを注文すると言っていた。

新型肺炎のことなどいろいろ話す。

明日はすごく寒くなって雪が降るかもしれないと天気予報がいうので買い物にでた。キャベツ、トマト、八朔《はっさく》、アジの干物、鶏肉《とりにく》、チーズ、牛乳、パン、セブン-イレブンの金のビーフカレー。お菓子も買っておこう。ポテチやチョコ、シュークリーム。これでしばらくぬくぬくとひきこもれる。ひとりであたたかくひきこもるのは好き。

帰って、チーズホットサンドイッチを作る。火にかけたまま他のことをしていて夢中になり、すっかり忘れて真っ黒こげになってしまった。しょうがないので焦げた片面を剥《は》いで、焦げてない片面を半分に切ってくっつけて食べる。

2月17日（月）

朝。昨日のリベンジでホットサンドイッチ。今度は黄金色にうまくできた。

床暖房が壊れたので立山《たてやま》さんに来てもらった。メーカーのサービスセンターに電話して見てもらった方がいいですねと。さすがに16年もたってるしね。

コロナウイルスの影響はありますかと尋ねたら、トイレの便器の部品の一部を中国で作っているので納品されなくて在庫もなくなりそうで困っているという。これから生活のいろいろなところに影響が出てきそう。

カーカからラインでスーパーマーケットの本のアマゾンのレビューでいいふうに書いてくれてるのがあったよと教えてくれたので、私はふだんは自分の本のレビューは決して見ないようにしているけど、見てみた。すると本当にそうだった。客観的で。『接客業に携わってる人は読んでみるといい』って視点がいいわ」とカーカ。私もそこが本当にうれしかった。カーカは私の本の評価なんて1年に1回も見ないのに「あの本は変わってたからなんか気になって」、見てみたのだそう。

メーカーに電話したらすぐに来てくれた。熊本の人で、今、宮崎に助《すけ》っ人《と》に来ているという。機械を開けて見てくれた。中の基板が劣化していて、しかも部品ももうないそう。来年の冬までに新しい機械に取り換えよう。今年はもういいかな…。今日から明日にかけて強い寒気がやって来るとかで、みぞれが降り出した。作業中、とても寒そうだった。

明日の朝、起きたら雪が積もってるかも。えびの高原は真っ白だとニュースでいってた。今日から明日にかけて薪《まき》ストーブを焚《た》き続けよう。いつもはそれほど必要を感じないけど今夜は冷えそうだから。

夕方、ふきのとうを4個採ってきてふきのとうの味噌《みそ》炒《いた》めを作る。夕食はそれと明《めん》太子《たいこ》チーズ、鯵《あじ》の開き、切り干し大根。

2月18日（火）

朝起きて庭を見る。

ところどころ、雪が白く積もってる。わお。でも思ったより少ない。小学校から小学生たちの「おはようー、おはようー」の声が響く。

今日は将棋の王位戦。藤井七段対羽生《はぶ》九段。一日、コタツに入ってチラチラとテレビのニュースを見ながら将棋観戦。

夜の8時ごろに終わった。藤井七段の勝ち。試合後のインタビューの様子に癒《いや》される。

寒かったのでずっとストーブに薪を入れ続けた。暖まりにくい石貼りストーブだけどだんだん周囲の空気が暖かくなってる気がした。

2月19日（水）

今日は暖かい。

ふきのとうもだんだん開き始めた。タイサンボクとムクゲを植え付ける。

午後、セッセとうちの山に土をとりに行く。4袋、とってきた。黒くていい土。山から運び出す途中が重いのでもうこれでいいかなあ。

反対側の道からも山を見てみる。こちら側は今は笹などが生い茂っていて中に入れない。道ばたから笹のあいだを掘っても土がとれそうだ。少しだけとれた。ここなら運ぶ苦労がないので楽かな。向こうは掘りやすいけど運びにくい。こっちは掘りにくいけど運びやすい。どっちがいいか。

また必要になったらここから少しずつ持って行くか…。

2月20日（木）

今日は東京へ移動する日。

とても暖かい。午前中は庭や家の片づけをしたり、準備。

午後、レンタカーを返す。そしたら時間ギリギリ。空港に着くと15分の締め切り直前。なのに荷物検査は長蛇の列。乗り遅れる！　と思った私は検査官のところに走って行って、「2時半の飛行機なんですけど間に合いますか？」と聞いた。すると「大丈夫ですよ。並んでください」とおっとりとおっしゃる。

大丈夫なのか…と思い、長い列の後ろに着いたけど、どうしても信じられない。あと1分ぐらいで15分を切るはず。前に15分を切ってカーカが乗り遅れたことがあるじゃん、と思い、荷物をそこに放り出したままもう一度検査官のところへ走って、「まだチェックインしてないんですけど」と再度訴えながらカードを出した。すると、うん？　と思ってくれて、そのカードを受け取って機械にかざしてくれた。そしたらピーッと紙が出てきて、「大丈夫ですよ」と紙を渡してくれた。ホッとする。この紙さえあれば乗れる。

そして近くにいたもう一人の検査官が「私がご案内します」と言ってくれた。次の番の女性にお願いして荷物も先に通してくれて、私もその女性にお礼を言って、無事に荷物検査も終え、搭乗口へ急ぐ。

無事に乗れてとてもよかった。今度からは早めに来なければ。空港から遠い場所にあるレンタカー店だったことをうっかり忘れていた。

飛行機はわりと空《す》いていた。これも新型コロナの影響だろうか。羽田《はねだ》空港に着いて、タクシーで帰る。タクシーの中では運転手さんとお互いにマスクをつけて、一言も雑談を交わさなかった。いつもなら気が向くと話しかけるのだが今は何も話さない方がエチケットのような気がして。

家に帰るとお皿は洗ってたけど部屋は散らかっていて、どっと疲れた。まず夜ご飯の材料を買いに行く。
すると！　スーパーのお客さんがとても少なかった。ここにも影響が出てる。ここは高齢のお客さんが多いので皆さん、外出を自粛しているのだろうと察する。私も明日の分をまとめて買った。今日は海鮮鍋《なべ》。明日はハヤシライス。

カーカと海鮮鍋を作る。おいしかったけど、前よりもちょっと出汁《だし》が薄かったか。前のはとてもおいしかったんだけどなあ。

とても疲れたので早めに就寝。

2月21日（金）

窓を開け放ち、掃除機をかける。それから洗濯。

やっとサッパリ。

テレビとネットでコロナのニュースをいろいろ見る。政府の対応、専門家の意見、新しい感染者の様子、などなど。うーむ。どうなることか。でも飛行機で中国からどんどん人が入ってきているのだから日本で感染者が出てくるのは当然だろうと思う。問題はどれくらいの数の人が感染するか。

クルーズ船に乗り込んだ感染症のお医者さんの動画、その人を招き入れた知人のお医者さん、厚労省の役員、それぞれの意見を見たけど、それぞれにそれぞれの立場から話すとこうなるのだなと思い興味深かった。

2月22日（土）

今日から仕事をしなくては。次のつれづれのレイアウト作業。でも、まだすぐにやる気が出ないので明日からにしよう。

天気がよいが、家の中にいてニュースなどを見る。動画をいろいろ見ていたら植木屋さんが剪定《せんてい》をしている動画があり、熱心に見る。私も無性に剪定したくなった。「切ってほしいと思っている木はない。どの木も切らないでほしいと思っています」という言葉にハッとする。どの木も本当はのびのび伸びていきたいのだ。だから慎重に、丁寧に切らないといけないんだな。

最近私はYouTubeの動画作りに夢中で、１日１本アップしたいと思っている。長いこと何をするにもモチベーションがわかず夢中になることがなかったけど、今は動画を撮るのが楽しい。なんとなく私は動画に合ってる気がする。どこがいいかって、自分で自由にできるところ、あいだに誰も介してないところ。やってみたいなあと思うことを飽きるまでやってみたい。いろいろ思いつく。

2月23日（日）

今日もまだ仕事をやる気にならない。明日からやろう。

スーパーに買い物に行く。今日も人は少なめ。切れていた石鹸《せっけん》と歯磨き粉も買う。

帰ってから手をきれいに洗う。

2月24日（月）

祭日の振替休日。今日もいい天気。

テレビのニュースを見ながら、仕事。でもまだあまりやる気になれず、ようやく夕方になって少しだけやる。晩ごはんは豚肉のしょうが焼き。

2月25日（火）

今日も一日、家にいて仕事の続き。

と、コロナウイルスのニュース。気になってつい見てしまう。そして今日も岡田晴恵先生を探す。お姿を見ると癒される。けど、日に日に憔悴《しょうすい》されていかれてるようで心配。今日は2番組で見かけた。お疲れでしょうね。加藤《かとう》厚労相も寝る時間がないのではと想像する。

今日の仕事は予定通り進んだ。

2月26日（水）

今日も仕事。そして今日は買い物に行かなくては。武漢《ぶかん》に倣って私も二日に一度の買い出し。…なんてね。そういえば武漢では防護服を着て買い物に行ってたなあ。それを考えると、ふらりと買い物に行けるこの日本はまだまだ危険度が低い。かかってもほとんどの人が軽症だし…。

スーパーは今日も人が少なく、静か。

しゃべってる人もあまりいない。私も早めに買い物を済ませる。おやつが何もなかったので、パン屋さんでおやつパンを4個と、いちご大福、桜餅《さくらもち》、おかきを買った。

予定の仕事がほぼ終わり、明日からレイアウト作業。コピーして切ったり貼ったりだ。明日も頑張ろう。

2月27日（木）

仕事をしながらテレビのニュースをあちこち見る。コロナウイルスがすごいことになった。学校は休校、コンサートは休止。

1か月前の1月下旬は武漢の肺炎は完全に人ごとだったのにね。1か月でオリンピックの中止まで囁《ささや》かれる事態になってしまった。あっという間。あっという間とはこのことか。

午前中、サクが自分で朝ごはんの野菜炒《いた》めを作ってた時、消防点検の方が来た。部屋はごちゃごちゃだけどしょうがない。「散らかってますけどお願いします」と任せる。慣れてらっしゃるのでこちらも恥ずかしくない。淡々と作業をされて、終了した。

2月28日（金）

今日もいい天気。そして引き続き仕事。

朝のワイドショーではコメンテーターが悲壮な顔で語り合っている。ずっと深刻さを訴え続けてきた晴恵先生はもう力を出し尽くして、気力で頑張っている感じ。

仕事が終わった！　やった。

郵送してから買い物に行く。4日分ぐらいの食料の買い出し。

私は最近自分で動画をアップしている流れで、いろいろな人の動画をよく見ている。

好きなのをいくつか見つけた。北海道のお医者さんとか、かわいらしいおじいさんとか、剪定の動画など、どれも小規模でマニアックでいい感じ。

特に好きなのがその日の気になったニュースなどを語ってくれる住宅ジャーナリストのおっさん（というのがピッタリ）。その人の動画を見るのがここのところの楽しみ。コロナのことをあまりにも騒ぎすぎる人々を見て、「アンラッキーな人はお気の毒やけど人類はもっとひどいことをいろいろと経験してきた。こんなたいしたことちゃうやん」と言っていた。おっさんの気取らないボソボソとした語りを聞いていると心が和む。

そのおっさんの、『仕事が好き』ということを平気で言える心がちょっと信じがたい」という動画は笑いながら見た。私は仕事が好きだけどね。仕事が指すところの意味が違うのでしょう。

世の中がじっと息をひそめてコロナウイルスの行方をうかがっている感じ。

こういう時は時間のかかる料理を丁寧に作ると心が落ち着く。チキンとトマトの煮込みを作ることにした。コトコト煮込んで…、おいしく完成。

サクが帰ってきた。廊下を歩くときにガサガサとビニールの音がする。さては。

「またやったの？　ゲーム」

そうだった。またぬいぐるみを取ってきてる。見せてもらった。

すると、「いいじゃん！」と私とカーカ。ふたりでべた褒め。写真まで撮りまくる。それはふくろうのぬいぐるみで、今までのふわふわした動物なんかと違ってリアル。「いいね。いいね」とカーカと褒めちぎる。サクも驚くほど（今はそのふくろう、私の部屋に鎮座）。

2月29日（土）

昨日仕事が終わったので、今日は事務仕事。会計をやろうと思ってるけどなかなか始める気にならず、やっとやる気になったのが夕方の4時半。

ニュースを見ると、コロナの影響で街に人が少ないそう。これからどうなるのか。

夜。サクが帰ってきた。またガサガサ音がする。

「またやったの？」

違った。今日、奥多摩《おくたま》に釣りに行ったそうで、魚を2匹持って帰ってきた。ヤマメとニジマス。あら～。さっそくヤマメは塩焼き、ニジマスはムニエルにする。3人で「うまい、うまい」と言って食べた。身がホクホクと柔らかかった。

3月

3月1日（日）

みんなのんびり。

カーカは荷物や洗濯物で散らかった部屋の中でゲーム。サクはいつも11時ごろに起きるのに、いつになく早く起きてきて。「ピアノの音がうるさい」という。またか。聞きに行ったら確かに聞こえる。でももう10時だし、しょうがないね。

昼間はずっと、3人それぞれマイペースに過ごす。昼はトマトスパゲティ、夜は牛丼。それぞれのタイミングでそれぞれの場所で食べる。

私は会計事務を終えた。

3月2日（月）

今日も家にいた。仕事も会計も終わり、なんだかなにもやる気がでない。料理をしたり、なんとなくぼんやりすごす。

夜。花の苗のカタログを見て、何を買おうかな～と考えるのが楽しみ。ウキウキ。春・夏に咲く苗を注文しよう。

3月3日（火）

今日は将棋の日なので家で観戦。とはいえたまにチラチラ見る程度。外はいい天気。サクの誕生日だけど帰りは遅いそう。

カーカが帰ってきて、冷蔵庫のトマトサラダを食べたことを怒ってる。

「家族に作ってくれたのかと思った…」

残りはみんなで食べてってことで置いてるのかと思った。これからは勝手に食べないことを約束する。あげる時はあげると言うこと、食材を使う時はどんなものでもいちいち相手に聞くこと、を決める。

コロナの対応について日本政府の対応を非難する声、賛同する声をいろいろ聞く。私は、日本の政府が私を守ってくれる、とは思ってない。政府の決めた方針が全部の国民を救えるはずはない。国民も、意見も、それぞれだから。日本政府が守ろうとするものと私が守ってほしいものが一致するときもあれば一致しない時もある、ということだ。私にできることは、私にできる自衛のみ。

3月4日（水）

ジムの改修工事が終わったのでもうジムに行けるけど、今は自粛しよう。ジムは感染する可能性が高いというから…。あのジムは高齢者が多く、私が自覚なき感染者でないという保証はない。

なのでできることをやっている。映画を見たり、趣味の本を読んだり、料理をしたり。私はもともと家にいるのが好きなのでストレスはない。あったかくして引きこもってる。

買い物に行って食料を4日分ほど買いだめした。

3月5日（木）

今日もいい天気。でもすごく風が強い。花粉がたくさん飛んでるのか鼻がむずむずする。プールに行こうか…とチラッと思ったけどなんだかすごく面倒くさい。家にいるのが習慣になってしまったようです。

なので、家でゴロゴロしながらいろいろなことをして過ごした。そして豚汁、大根と豚肉の煮物を作った。

このあいだまで体が軽くなってた気がしてたけど、家でゴロゴロしているのでまた重くなってる気がする。

3月6日（金）

今日、ついに何もすることがなくなったので、午後、ジムに行くことにした。

空は青空。

受付の人がマスクをつけている。挨拶《あいさつ》も最小限だ。消毒液が並んでる。お客さんが少ない。ヨガなどをやるスタジオは休止中だった。ロッカールームに人は3人。プールも5〜6人か。みんなそれぞれ静かに泳いでいる。だれもしゃべってない。私はいつものメニューを淡々と終えて、お風呂《ふろ》へ。改装されてとてもきれいになっていた。床と壁のタイルが貼り替えられている。それを見た時、わずかにテンションが上がった。お風呂の中に人は5〜6人いたけど、ここでもだれもしゃべってなくて無言だった。みなさん、なんとなく目を伏せている。

パウダールームは私ひとり。

ジム全体に息苦しいような緊張感がある。ジムは自粛、と安倍《あべ》首相が言ってたからなあ…と思いながら出る。なんだかおもしろかったような気詰まりなようなぼんやりとした気持ち。

買い物して帰る。スーパーでもしゃべってる人はあまりいなかった。

3月7日（土）

あの静かなジムにまた行く気持ちが起こらないので今日も家にいる。録《と》りためていたテレビ番組を見たり、動画を撮ったり。動画はやる気になってる今、できるだけたくさん撮ろう。いつまた気が変わるかわからない。

アパレル社長のセクハラのニュースを見た感想を話して、「性欲にあやつられる男こそ哀れ」というタイトルで動画をアップしたら「性欲」がダメだったようで収益化ができなかった。

あら！

そうなの？

タイトルを「男の哀れさ」に変えたら大丈夫でした（先日、ひさびさに見たらまたダメになってた）。

3月8日（日）

今日もテレビ鑑賞。外が寒そうだったのでずっと家にいた。

無観客相撲もチラッと見た。客席に誰もいなくて新鮮な驚き。最後の白鳳《はくほう》と遠藤《えんどう》の取り組みの時、音量を上げようとしてスイッチを押したら、それはボリュームを上げるスイッチじゃなくてチャンネルを変えるスイッチだった。これからってとこで変わってしまい、あわてて戻したら終わっていてガックリ。失敗した。

夜はビーフシチュー。牛スジ肉で作ったらとてもおいしかった。次はカレーをスジ肉で作りたい。サクとR-1ぐらんぷりを見ながら食べる。マンガを使った大谷《おおたに》って人がおもしろかった。

明日《あした》は宮崎へ。花の苗を40個注文した。

3月9日（月）

いつものタクシーを呼んで空港へ。マスクをつけた運転手さんに、マスクをつけた私が「どうですか？ 街に人、少ないですか？」と聞いたら、「少ないですね〜」と言う。若い運転手さんで話してくれそうだったのでいろいろ話す。お台場《だいば》のレインボーブリッジを渡る時、左手に晴海《はるみ》のオリンピック選手村のマンション群が見えた。いつもなら楽しい気持ちで眺めるのだが、今日はうすぼんやりとした虚《むな》しさが漂う。いろいろなところに影響が出ているという話をしていたら、運転手さんが、「ほら、あの車」と今、猛スピードで追い越して行った車を示す。

「意外なところに影響が出ているんですよ。車の事故が増えているんです。さっきの車も、なにも狭い車間を左右に縫って追い越さなくても十分車間距離があるのに、異様なスピードを出して危険運転していますでしょう?」

「そうですね。国中がちょっとパニックみたいになってるんでしょうかね」

車が少ないせいでスムーズに着いた。

天むすときんつばを買って搭乗する。

飛行機内はガラガラ。6席にひとり、という感じ。なのに窓際の私の隣におじさんが座った。むむ。しょうがない…と思っていたら、中央3席並びの席に3人詰めで座っていた女性が客室乗務員に「すみません! 密集していますので席を移動していいですか?」と聞いてる。「どうぞ」と快く言われ、並んでいた3人は周囲に誰もいない席にばらけて座った。

あら! 私も離れたい、と思ってちょっときょろきょろする。すると、隣のおじさんが同じように手を挙げて客室乗務員にお願いして移動してくれた。ホッとする。お互いにね。前後左右、人のいない席にみんなポツポツと離れて座っている。

鹿児島空港に着いて、レンタカーの店へ。先月、車の中に忘れ物(家のガレージのシャッターのリモコン）をしたのを預かってもらっていたので、それを受け取る。

出発前、ＥＴＣのカードを入れる場所をすみずみまで探したけどわからなかった。聞きに行こうかと思ったけど面倒であきらめる。

食料を買う。野菜、玉子、キノコ、肉。安い苺《いちご》があったのでそれも。

家に帰ってすぐに庭をチェック。これが楽しみ。でもあまり変化はなかった。ヒヤシンスとゆきやなぎが咲いていたぐらいで。あともぐらの穴がたくさん。

藤井七段の棋王戦の予選があったんだった。終わりかけを見る。負けてた。相手は出口《でぐち》四段。ガクーッと頭を下げた場面が見れた。終わっての感想戦の表情がよかった。お互いほほ笑んでいて。

今日は疲れたので、あまり何もしない。明日から考えよう。

3月10日（火）

雨、曇り、時々陽射し。

家でテレビを見たり、いろいろ。ガス屋のお兄さんがプロパンガスの取り換えにいらした。コロナのことをちょっと話す。私が飛行機も空港もとても空《す》いてたと話したら、お兄さんは日向《ひゅうが》市に遊びに行ってお昼を食べに店に入ったらいつもは混んでて並ぶお店がガラガラだったそう。どこもひっそり。

外はガラガラ。日本の国民、できるじゃん、と思う。こんなに家でおとなしくじっとしていること。こんなことはめったにないから、めったに見られないものを今、見ている。

中古で買った銅鍋《なべ》でいちごシロップを作る。あと、庭のふきのとうでふきのとう味噌《みそ》。夜はトマトチキンライス。

今回は私もできるだけ外出を避けて家に引きこもろう。家に引きこもるの大好き。

3月11日（水）

朝、庭を一周、散歩していたらヤマモモの木の下に何か白いものを見つけた。なにかな？　と思いながら近づいて見てみると、それは小さな卵の殻だった…。もしかして…あ

のキジバトの…？

風で落ちたのだろうか…。そおっとそこを離れる。

今日は天気がよかったので庭仕事。主にシダの根を抜いた。それから草取り、剪定《せんてい》。2時半過ぎに有線放送があり、東日本大震災の黙とうのお知らせ。時間が来て、大きなサイレンが鳴った。私も起立して目を閉じる。いつになく神妙な気持ちで。

夕方、温泉に行ってみようかと思いたち、車で近所の温泉へ。すると隣のレストランの駐車場に車が1台も止まってない。こんなこと初めて。温泉に受付のおばちゃんがいなかった。券を箱に入れて入ったら、誰もいない。浴場の備品が整然と並んでいる。人がいた気配がしない。しばらくしたらひとりお客さんがやってきた。その方はそそくさと出て、私もそそくさと出た。

ドライヤーのある洗面台の蛇口がピカピカに磨かれていてビックリ。こんなことも初めて。きっと消毒して磨いたんだろう。

こんな人の少ない田舎でもみなさん自粛していらっしゃるのだ、とちょっと驚いた。帰りにコンビニに寄ってシュークリームと食パンを買った。マスクをつけたレジのおばちゃんがほがらかに応対してくれた。私も伏し目がちに挨拶《あいさつ》し、静かにお金を払い、サッとレシートを受け取り、うつむきがちに出る。

世の中のみんながあまりしゃべらないように、相手に近づかないようにしている。社交をしなくていいのでとても楽だ、と私は帰りながら思った。不愛想にしていても不審者に思われない。かえって気づかいのある人と思われるかもしれない。

遠く引いて見ると、このような大規模災難が起こったあとは結果的に社会の構造が大きく変化することになるだろう。新しい次の段階へ。構造のどこかがガラリと変わり、新しい機器、道具が使われだすはず。今までの地平をポーンと飛び越えて。

3月12日（木）

夜、よく眠れず何度も起きる（世界の動きが気になるのか？）。

今日もいい天気で庭仕事。

世の中が静か。

草むしりと水路作り。水の流れるところに土がたまってきたのでスコップで掘り上げる。見渡すと、春の草の花がどんどん咲き出してる。

注文していた木の苗、サルココッカが届いたので植えつける。これはハチミツのような匂いの花が咲くというので買ったもの。苗木に花がついていたので匂いを嗅《か》いでみた。たしかにハチミツのような匂いがする！　日陰でも育つそうなので、入り口近くの花木の下に植えた。

夜も静か。

3月13日（金）

灰色の空。曇り…。

株価が世界的に大暴落している。去年半分になった私の貯金も含み損が広がってる。当分塩漬けだ。テレビを見ると気が沈むので草むしりをしながら動画を撮った。草むしり雑談。楽しかった（株はこの後、あわてていろいろいじったせいでせっかく日経平均が持ち直したのに私の株は逆に大損。なので変わらず塩漬け。数年はこのままにしとく。もう見ない）。

温泉にでも行こうかな…と思ったけど、先日の閑散とした温泉を思い出し、行く気がしぼむ。やはり賑《にぎ》わってないと行く気にならない。こういうことか…と思う。いつも賑わっているところに人がいないってあんなに寂しいのか。さむざむしかったなあ。思った以上に自然と自粛気味になってしまうのも納得。しばらくはしょうがないか…。

相撲でも見るか。

夜は、グリーンカレー。レトルトの。具を足して。おいしく。

3月14日（土）

午前中、食料を買い足しに行く。私の好きな気ままなお店。キャベツと豚肉、ほうれん草など。ほうれん草と玉子の中華炒《いた》めを作ろう。おいしい作り方を知ったから。

花の苗が届いたので少しずつ植えつける。ひとつ手に取り、どこに植えようかな～と庭を一周、歩きつつ考える。

ここがいいかな、こっちかな。ピンときた場所にしゃがんで土を掘る。ザクザクザク。場所によって掘りやすいところ、石がたくさんあるところ、もぐらの穴があるところ、いろいろだ。半分ほど終わって、残りは明日《あした》。

今日は少し寒かった。東京ではみぞれが降ったとニュースで言ってた。

今、サクランボの花が満開。窓からぼんやり見ていたら鳥が飛んできて止まった。

うん？ 黄緑色の鳥だ。よく見るとメジロだった。かわいい目のまわりの白い縁どり。

あわてて写真を撮る。

相撲のあと、安倍総理のコロナウイルスに関する記者会見を見る。目新しい発表はなく、淡々とした現状報告だった。

3月15日（日）

おだやかな日曜日。今日も一日家にいる。しげちゃんとセッセが来ると思う。来ました。3人で居間で話す。セッセはいつも何も飲まない。近況、家作りの苦労話などを聞く。

昨日の苗の植えつけの続きをする。どうにか植え終わった。うまく根付けばいいけど。必ずいくつかは枯れてしまう。

ミツマタの花が咲いていて驚いた。去年から白いつぼみみたいなのがついていて何かなと思っていたのだ。黄色い花できれいだった。

庭の水鉢に鳥が来て水を飲んでいる。頭を右、左にクルクル回すのがかわいい。そこで水浴びもしているみたいで、たまにバシャバシャ音がする。

今日は風が強かった。夜の今も風がピューピュー鳴っている。コロナは日本ではわりと安定している気がするが世界ではどんどん広がっている。コロナに感染したら家でどのように隔離すればいいのかをチェックする。

「ポツンと一軒家」をみたら、55歳で仕事を辞めて山を開拓した人の話がよかった。前向きで、「何事も強引にいい方にとる」とおっしゃっていた。奥さんがご主人を「信じてるから」と言っていたのが素敵だった。仕事を辞めて山に引っ越すと突然言いだした時、「今までの生き方を見ていたから何も不安はなかった」のだそう。


前に作ったびわの葉茶。飲んでみたけど全然おいしくなかった。しょうがないから他の葉っぱと混ぜて飲もう。

3月16日（月）

いい天気。家でいろいろしながら1〜2時間に1回、庭に出て草むしりや散歩。いい匂いの花の香りをかぐ。沈丁花《じんちょうげ》、ヒヤシンス、サルコッカ。

ヤマモモの木の下を歩いていたらバサバサッと鳥が飛び出した。キジバトか？　やはりまたここに巣を作り直したのか。

今日も昨日と同じような一日だった。動画を撮る。「人生を想う」。時間のある今、できるだけたくさん撮ってアップしておきたい。

安倍さんやトランプさんがいろいろ発表しても株価はまだ上がらない。コロナショックは終わりが見えない。

3月17日（火）

今日からお彼岸だそう。だからか、と思った。スーパーに行ったら人が多くて珍しく賑わっていたのです。私も楽しい気持ちでいろいろ買ってしまった。お菓子、お肉、炙《あぶ》りサーモン握り。

空は青空で、ぽかぽかいい陽気。コロナじゃなかったらどこか遠くにドライブにでも行きたい気分。でも家に帰る。

家に帰って冷蔵庫に残っていたごぼうできんぴらごぼうを作る。それからまた庭仕事。スミレの花が咲いている。ムスカリも咲いている。クリスマスローズも咲いていた。

「つれづれ㊲」の原稿チェックの仕事を終えた。明日、これを郵送しよう。あと他にやることはなんだろう。なにか今すぐやらなければいけないことがあったかな。

特にない。

では、明日ものんびり庭仕事をしよう。

3月18日（水）

いい天気。暖かい。

今日は久しぶりに外に出て、花の苗を買いに出かけた。おしゃれな苗屋さんと素朴な苗屋さん。まず、おしゃれな方に。なにやらおばさま方のグループが和気あいあいとお花を見てる。何かあるのかな。なにかのレッスンがあるようだ。私は苗を8つほど選んでレジに持って行く。ネモフィラがあったので3色買ってみた。するとお店のおばさまはさっきのグループに出すコーヒー作りに忙しそうだったので、「あとで、30分後にまた来ますので会計しておいてください」と言いおいて出る。「すみませんね〜」と大忙しのおばさま。

次に素朴な苗屋さんへ。地面に直に植えているのを掘ってくれる。まだあまり種類がなかった。まだなんだな。来月ぐらいか。とりあえずカモミールとボリジとマロウとフレンチラベンダーを買った。

ウキウキと家に帰る。さっそく植えつけた。ネモフィラはこぼれ種《だね》で増えると言ってたなあ。カモミールは小さなのをたくさん入れてくれてた。庭のあちこちに植えつける。ここから増えたらいいけど。マロウは根がブチッと切れていた。枯れてしまうかも…。

夕方、伸びるホースで水撒《みずま》き。みんな水を吸ってイキイキ。根が切れたマロウにもたっぷり。明日見たら枯れてるかもなあ。

これで当分、花の苗は植えなくていい。花が咲いたのを見てから次に買うものを決めよう。つる性のものをけっこう植えたので、それらが根づくか気になるところ。

3月19日（木）

今日は曇り。

庭に出てマロウを見てみた。やっぱり。葉っぱがしぼんでる。ガックリ。

買い物へ。日用品を買う。今日も一日、庭仕事。特に変わったことはなかった。

3月20日（金）

春分の日。

とても暖かく、ポカポカしてる。庭に出て草むしりなど。シダがたくさん出ているエゴノキの下を重点的に。

毎日同じような日々。でも穏やかで平和。人に会わないので平和なのかも。

お昼ごろ、外の落ち葉を掃除してたらセッセを見かけたので陽だまりで立ち話。長く人としゃべってなかったので私がバーッとしゃべる。あさって、しげちゃんと3人でお墓参りに行くことになっている。天気予報では雨。90パーセントの確率。せめて曇りにならないかな。

3月21日（土）

今日はすごくいい天気で、ポカポカ度もますます上がってる。庭仕事をしていると暑いくらい。

明日《あした》は雨になりそうなので、お墓参りは今日することにした。まずお墓に供える庭の花を摘む。クリスマスローズ、ゆきやなぎ、ラッパ水仙、ムスカリ。あとサカキ。

3時20分に迎えに行くと、玄関の前にしげちゃんとセッセが待っていた。

車でゴー。

車中、セッセと盛んにコロナ、オリンピック、世界株安などについて話す。私は貯金代わりの株が相当下がったのでギャーギャー思いのたけを訴えた。でもまあしょうがない。こういうことがあるということは了解済み。

貯金が減って身軽になった、と考え方を変えた。私はもうお金をあまり使わないから、これも私の人生の自然な流れ、決まっていたこと、なのかもしれないと思う。

お花を供えてお線香をあげる。お参りをちゃんとしたかどうか覚えてない。もしかするとしてないかも。おしゃべりに夢中で。

しげちゃんたちを家に送って、セッセが最近壊したという電信柱を見せてもらう。うちの空き地になってる土地にあった使っていないコンクリート製の電信柱を取り壊したという。倒すところだけ業者にやってもらって、割って家に運ぶのは自分でやったそう。それ用の台車を手作りして。5つに分割された電柱を試しに持ち上げようと

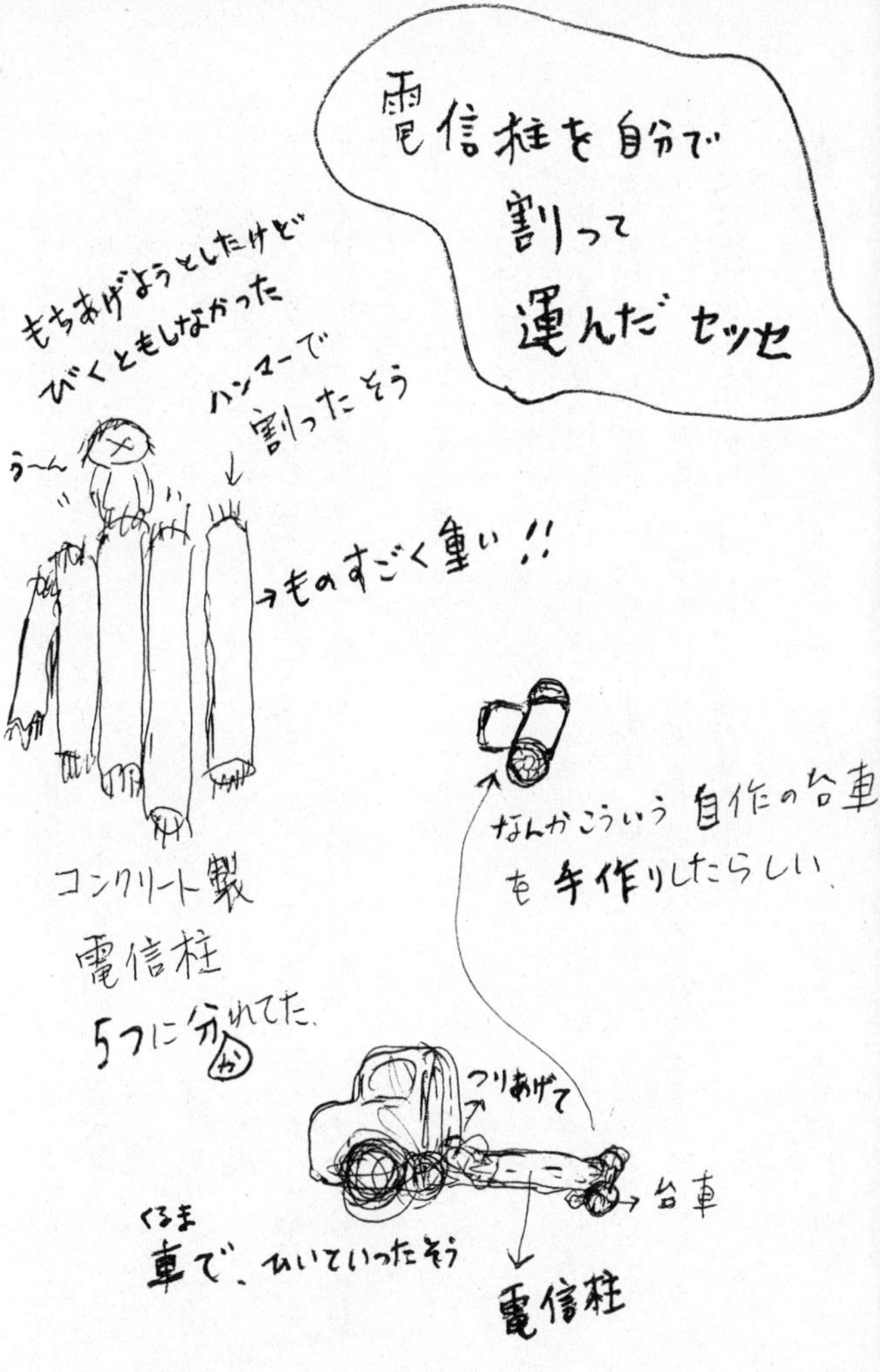

電信柱を自分で割って運んだセッセ
もちあげようとしたけど
びくともしなかった
ハンマーで
割ったそう
う〜ん
→ものすごく重い!!
コンクリート製
電信柱
5つに分れてた
なんかこういう自作の台車
を手作りしたらしい
つりあげて
→台車
車《くるま》で、ひいていったそう
電信柱

してみたけどビクともしない。これを運ぶのは相当大変だっただろう。さすがセッセ。

夕方の陽射しがいい感じだったので家の前でしげちゃんと記念写真を撮る。


また庭をひとめぐり。ゆっくりと草木を観察しながら。なかなか芽吹かなかった小さな木の枝に新芽が芽吹いてきている。わあ…。うれしい。枯れたかと思ってた。ずっとひとりで家にいることに慣れてしまった。ここは平和で穏やか。火曜日に東京に戻るけど向こうはどうなっているだろう。空港は、飛行機は、タクシーは、街は、家は、子どもたちは。

「細胞のよろこび」という動画をアップした。

3月22日（日）

午前中は小雨が降っていたけど午後に向かってだんだん晴れてきた。今日も庭仕事をする。お昼のあとに動画をふたつ（苦手な人、好きな人）撮って、また草むしり。

鳥がいつもたくさん飛んでくる。ふたつある水鉢では水を飲んだり水浴びしたり。ここには果物の生《な》る木がいっぱいあって鳥の楽園かも。

清々《すがすが》しい夕方になった。利休梅《りきゅうばい》がとてもきれい。ハンモックチェアに揺られて、ぼんやりと夕方の庭をながめる。

3月23日（月）

すごく暖かい。一気に木の枝に新芽が吹いてる。
買い物に行って今日のおかずを買ってきた。ぶりかま、小エビのかき揚げなど。
明日帰るので最後の庭仕事。あ、明日の午前中にちょっとできるか。
静かでのんびりとした一日だった。

3月24日（火）

今日もぽかぽか。時間まで庭のこととかいろいろやる。
昨日撮った庭の動画で花の名前が間違っていたので急いで追加で撮り直す。「ムラサキケマン」と言ったけど「ホトケノザ」だった。コメントで読者の方が教えてくれて助かった。ちょっと似てるんです。

空港へ。途中、トンネルのところが工事中で一旦《いったん》停止した。すると目の前の道路に初めて見るものがあった。丸いゴム輪のようなものが数個置かれている。これはいったいなんだろう？　いろいろ考えた。左に入る細い未舗装の道路があったので、その前をふさがないように置かれているのかも。初めて見たので興奮して写真を撮った。

レンタカーを返却し、空港の売店で辛子明太子《めんたいこ》を買い、手荷物検査を受ける。やはり人は少ない。すると、「ブー」とブザーが鳴った。

えっ？

前回遅れそうになったのでこれからは急ごうと思っていたのに、また遅れたか？

そうか、締め切り時間が15分前から20分前に変わったんだ。なので辛子明太子を買ってる暇はなかったのだ。驚いて固まってたら、係りの男性が「ちょっと待っててください」と言って聞きにいってくれた。

そして、間に合った。よかった〜。本当に次からもっと気を付けよう。家を早く出なくちゃ。

飛行機の中もガラガラだった。私の隣も前後も人はいなかった。飲み物のサービス。

私はたいがい温かい日本茶。ゆっくりと日本茶を飲む。

羽田空港に近づいて高度が落ちてきたので窓の外をじっと見る。とんがったあの形、富津岬《ふっつみさき》が見える。先っぽに展望台がある。前に行ったなあ…。海ほたるを右に見ながら羽田方向へ左に曲がる。東京湾を見渡せる。するとそこに

飛行機の窓から見えた景色
心に残った…

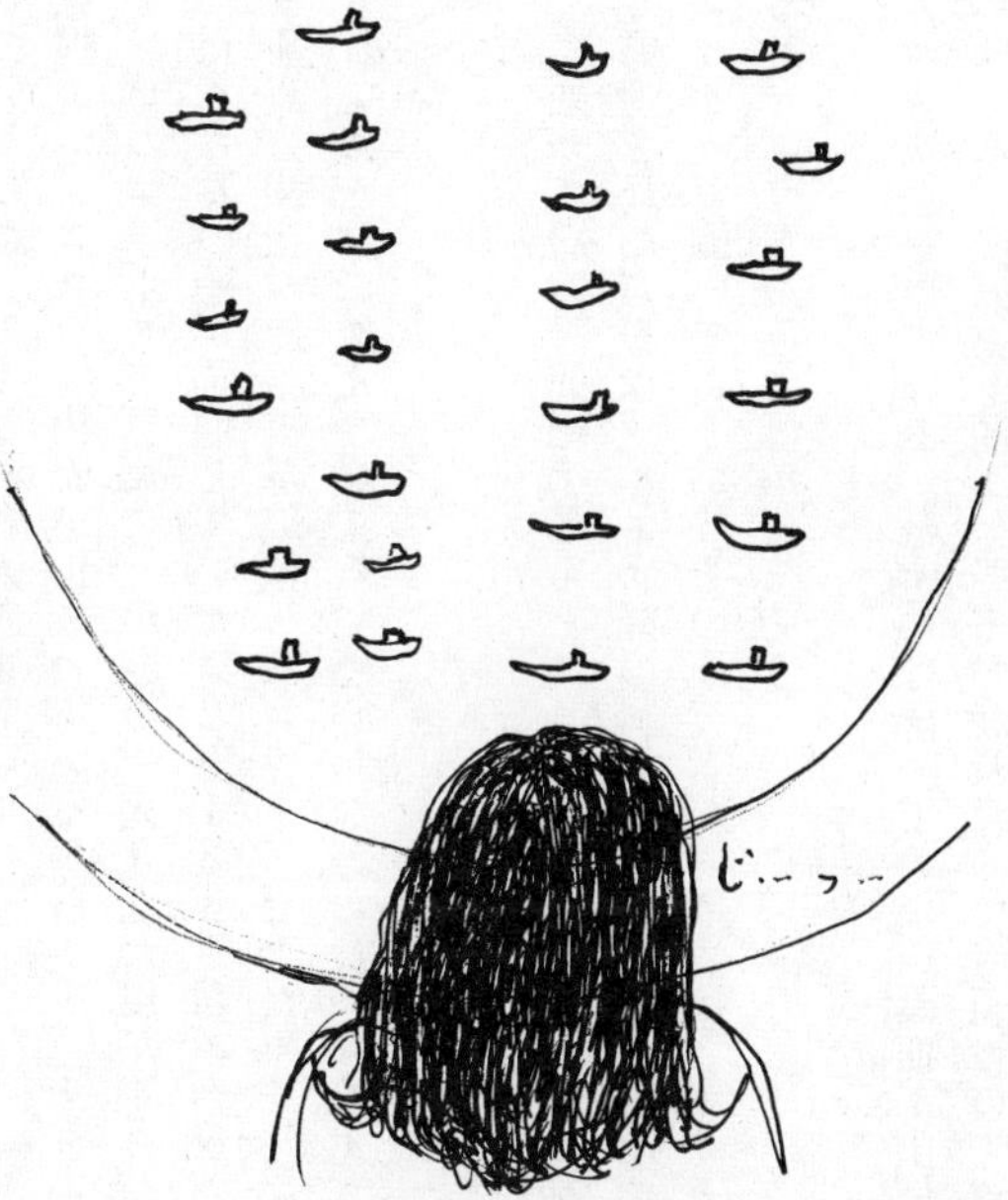

珍しい景色が広がっていた。100艘《そう》か200艘かわからないけど、たくさんの船が一定間隔に並んで錨泊《びょうはく》していたのだ。みんな同じ方向を向いて。

ほお…、と私は目を見張った。コロナで物流が止まっているからか…。そういえば似たような景色を前にテレビのニュースで見たことがある。大きな台風が来た時、関《かん》空《くう》の近くにこんなふうにたくさんの船が錨泊していた（2018年9月の台風21号によりタンカーが流されて衝突し関空の連絡橋が破損したニュースだった）。ある角度から見るときれいに一列に並んで見える。感心しながら食い入るように見つめた。心に残る景色だった。

予約していたタクシーに乗って帰る。運転手さんとコロナのことをいろいろ話す。最近、外国からあわてて帰国された方やウィルス研究の科学者を乗せたそうで、その話がおもしろかった。アメリカで働いてるというその研究者が言うには、まずどこが主導権を持って研究するかというところで揉《も》めてるそう。

家に着いた。サクがアニメ映画を見ている。台所には洗っていないお皿が山積み。部屋も相変わらず散らかってる。洗濯物も溜《た》まってる。疲れたので今日はほどほどにして明日からいろいろ片付けよう。晩ごはんは湧水町《ゆうすいちょう》で買ってきたうなぎ（父親の好物だった）。

3月25日（水）

いい天気。ずっと家にいて掃除や洗濯。買い物だけしてきた。今日は麻婆《マーボー》豆腐。昨日、すりこぎですった山椒《さんしょう》が残ってるから。

カーカも帰ってきたので一緒に作る。おいしくできました。

夜8時からの小《こ》池《いけ》都知事の「週末外出自粛要請の記者会見」をYouTubeで見る。今日買ってきたかりんとうを食べながら。

そういえば、今日買い物に行った時、臨時の食器売り場ができていて、なんとなく見ていて、つい買ってしまったものがある。電子レンジに使えるプラスチックの蓋《ふた》つき食器。中ひとつ、小ふたつ。サランラップをかけなくていいからね。

3月26日（木）

ひさしぶりにジムに行ってみた。

スタジオは閉鎖されてて廊下が暗かった。全体的に人がいない。マシーンのところにも人は少ない。ロッカールームに人はゼロ。プールに行ったら10人ぐらいいた。QPさんとガンジーさんとトモちゃんが丸くなっておしゃべりしてる。しゃべってる人はそこだけ。QPさんが大きな声で笑ってる。私はちょっと挨拶《あいさつ》してから、ビート板で泳ぐ。あまりにも笑ってるのでそのテンションに近づけず、プールから出て外のジャグジーに入る。ああ…。気持ちいいけど、やはり息が詰まる。とても静かなので緊張感がある。

お風呂《ふろ》に行ったら人はひとりだけ。ここでもゆっくりする気になれず早々に出る。パウダールームで髪の毛を乾かしていたらさっきプールでおしゃべりしていたトモちゃんが来た。ちょっと話す。近くのスーパーが閉店するのだそう。まあ。ジム全体に緊張感が漂い、人がいないせいで寒々しかった。

帰りにスーパーに行ったら、昨日の週末自粛要請の影響でレジは長蛇の列。こんな景色は初めて。なので何も買わずに帰る。しばらく家にあるもので過ごそう。

しゃぶしゃぶ鍋《なべ》にした。カーカやサクも帰ってきたので、「これからもっと大変になったらママは宮崎に避難した方がいいかもね」と家族会議。

まあ、どうなるか。

3月27日（金）

今日も家にいた。

マフィンチーズサンドを作って食べる。明太子マヨネーズをかけて焼いたらとてもおいしかった。サクがいつものように11時ごろ起きてきたので、同じのを作ってあげた。廊下から何か変な音が聞こえる。ガタ、ガタとぶつかるような音。

「なに？ この音。見てきて」

サクに見に行ってもらった。

「洗濯機の中の何かが外れてる」という。

なになに？ と見に行く。すると、洗濯機のドラムの奥の丸いカバーみたいなのが外れてるではないか。電源を切って、開けて見てみた。グイッと押して取りつけようとしたけどできない。壊れたか。もう10年ぐらい使ってるからなあ。洗濯の途中だったので、そのカバーを取り出してからもう一度スイッチを入れてみた。あとは脱水だけだと思う。しばらくしてから行ってみると、止まってる。洗濯物はまだ脱水されていない。よく見ると、奥の機械にあの丸いマグネシウム入りの「洗濯マグちゃん」が2個挟まってる。これが食い込んでドラムが動かなくなったよう。いろい

ろ苦心してやっとマグちゃんを取り出す。どうにか脱水ができた。

午後、外に出て近くの公園を花を見ながら通過してスーパーに寄ってみた。もしレジに人が並んでなかったら買い物しよう。

すると、誰も並んでなかった。なんだ。いつものように空《す》いてる。昨日だけだったんだ。よかった。なのでスーパーの通路をカートを押してゆっくりぐるぐる歩いて、いろいろなもの、調味料などを買いそろえる。マヨネーズも切れていたし、ごみ袋も買っておこう。

品ぞろえにほとんど変化はないな…と思ってたら、牛乳だけはなかった。棚がまったくの空っぽ。あら、と思って近づいたら、隅っこに1本だけ残ってる。なんだろう。恐る恐る手を伸ばした。瓶に入ったおいしそうな牛乳だ。上に生クリームが浮かぶちょっと高そうな牛乳だった。それをカゴにいれる。

それから、ある平台の前に立ち止まってじっと商品を見る。そこにはおととい、買おうかどうしようかものすごく迷ったものが陳列されている。それはジョージアワイン。ジョージアは私が前から旅行に行きたいと思っている国で、ワイン発祥の地と言われ、そこでできるワインがおいしいと評判なのだ。「ジョージアワイン特集」と書いてある。前に立てかけられた説明を読み、赤2本、白1本、欲しいと思った。うーん。長いこと考えた。今、私はもうお酒は飲んでいない。まったく飲みたいと思わなくなった。でもジョージアワインは味見してみたい。今後、飲む機会がないかもしれない。今が一生に一度のチャンスかも。

迷いに迷って、ついに白を1本、カゴに入れた。買った人にはそこに置かれているカタログ冊子をくれるって書いてあったのでそれも入れた。

決断だったなあ。ひさしぶりにお酒。たくさんは飲まないようにしよう。味見。

そうそう。

マンションの受付に行って、洗濯機が壊れたことを伝える。賃貸の備品なので壊れたら修理してくれるのだ。すると調べてくれて、もう10年以上前のものなので部品がなく、取り換えになるとのこと。

夜は、鶏肉《とりにく》を塩麹《しおこうじ》に漬け置きして焼いたもの。漬け置き中に、隠し味としてガラムマサラ、胡椒《こしょう》、カレー粉などを適当に振りかけた。照りよくおいしくできました。

どんな肉でも漬け置きすると柔らかくなることを知ったので、最近たまに漬け焼きをしている。普通に焼くと鶏肉も豚肉ものすごく硬くなってしまうことがありますよね。

そうそう。ジョージアワインを飲んでみました。家でワインを開けるのはひさしぶりなのでちょっと緊張。グラスにとくとくと注いで、一口。けっこう辛口だ。甘味は感じられない。すこし甘味というか、柔らかさがある方が好みなんだけどな…。2杯飲んだ。あまり好きではなかった。酔った感じも。「快感の前借り」だと思うと。

3月28日（土）

今日、明日は外出自粛だ。私はいつも家にいるのであまり深く考えていなかったけど、外の道路を見たら、お正月よりも人が少ない。すごい。たまにいるとしたら近所の親子の散歩、ジョギングぐらい。遠くから来てる人がいない、という感じ。このあたりのお店もこの週末は閉店するという張り紙があった。

一日、家にいて録《と》りためていたテレビ番組を見る。40以上も溜《た》まってた。最近は、前によく見ていたビジネスもの（「ガイアの夜明け」「カンブリア宮殿」「がっちりマンデー!!」）にすっかり興味がなくなり、主に自然や職人ものを見ている。心が落ち着く…。

コロナウイルスが加速度的に流行《はや》り出してる。都市封鎖されているニューヨークにいる人の話を聞いてたら、東京ももうすぐそうなるかもと思った。そうなったらじっと家の中にいるしかなくなるそう。一瞬にして私も心が切り替わった。こうなったら、もうどうなっても慌てまい。

夜は甘口カレーとレタスとちりめんじゃこのサラダ。

3月29日（日）

10時ごろから雪が降りだし、家々の屋根がだんだん白くなっていく。寒さが窓ガラスから伝わってくる。うう。

録画番組を見ながら、調べもの。やっぱり早めに宮崎に帰ろうかと考えた。予約した飛行機のチケットやレンタカーはどちらも無料でキャンセルできるようだ。明日準備して、明後日《あさって》帰ろうか。そして1ヶ月か2ヶ月向こうにいようか。東京に少しでも人がいない方がいいだろう。医療崩壊のリスクを下げるためにも。

…と思ったけど、今後、コロナとの戦いが長期戦になるとしたら、向こうもこっちもあんまり関係ないかなとも思う。

「美の壺《つぼ》」や「ポツンと一軒家」を見てから、昼に豚汁を作る。さつまいもを細く切ってソテーしてはちみつを絡めるおやつも作る。それを食べたら眠くなって、夕方、クーッと寝てしまった。

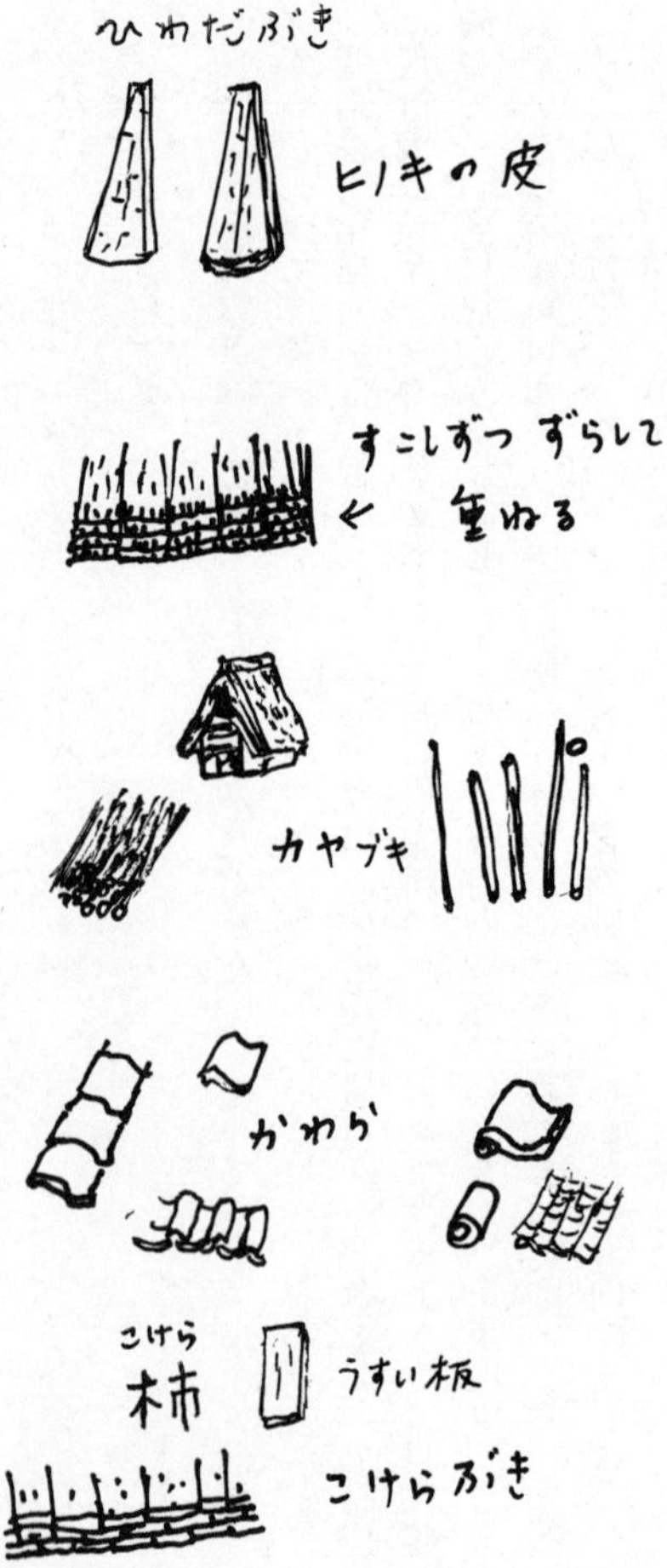

「美の壺」のテーマは「屋根」だった。檜皮葺《ひわだぶき》、茅葺《かやぶき》、瓦葺《かわらぶき》、柿葺《こけらぶき》。とてもおもしろかった。とくに檜皮葺。ヒノキの木の皮を薄くはがして、三角形の皮の束を作り、それを屋根に少しずつずらしながら張っていく作業は、私の好きな「同じ動作を繰り返

す」、「でも少しずつ変化する」、「最後に大きなものができる」に対応していて。

夜、寝る前に「静けさのほとり」を録音したのだけど、その時に話したこと。コロナの影響でこれからの社会は様子が少し変わるかもしれない。人が寄り集まって大声でしゃべったり、うわさ話に興じたり、うるさい音の中で人々が興奮したり密着したりする機会が少なくなるかも。少なくならないとしても、ひとりでポツンといてもいぶかしがられないかも。集団から離れて静かにしていても暗い人とは思われないかも。そういう社会は私には居心地よさそう。

このあともうしばらくしたら、生き残った人たちでコロナと共存しながら社会活動を始めていかなければいけない。世の中を回していかなければいけない。死ぬ人が死んでいくのを視界に入れつつ、生きる人は生きて生産活動を続けなければならない。よく考えたらそれは今までの生活と同じことだ。

3月30日（月）

スーパーに買い物に行く。ちょっとの外出が気晴らしになる。昼どきだったせいかレジには7～8人並んでいたけどそのまま並んで待つ。買い物する時はうつむき加減に、人と会わないように。レジで待つ時もまわりを見ないようにして静かに。

帰りにマンションの受付を通ったら、洗濯機のこと。下にプラスチックの置き台はついていますか？　と聞かれた。思い出せないので帰って見てから連絡しますと答える。

あと洗濯機の上にある棚は撤去することになるかもしれませんがいいですか？　とも。洗濯機の大きさが変化して今までのスペースでは入らないようで棚を取り外さなくてはいけないみたい。タオル置きにしていたんだけど。いやとは言えないからね。

家に帰ってすぐに洗濯機の下を見る。置き台がない！　残念。すぐに受付に伝える。工事が大ごとになってしまうなあ。

サクが帰ってきた。2日ほどいなかったので。「どこに行ってたの？」と聞いたら、友達んちに泊まりこんで就活の書類を書いてたとのこと。散らかった部屋の掃除をしてもらう。ちょっとだけやってた。

志村《しむら》けんさんが亡くなったことで、急にリアルな緊張感を覚えたそう。やっぱり出歩かない方がいいねと言ってた。

カーカも帰ってきたので、コロナの肺炎は容体が急変することがあるということから、「もしママがコロナに罹《かか》って急死したら、ふたりで協力して、仲良くして、頑張って生きていってね。カーカ、お姉さんとして、よろしくね」と言っとく。緊張感が走る。

夜。サクが就活のための自己紹介を考えなくてはいけなくて、「どんなことが過去にあったっけ?」と聞かれた。人生の充実度グラフを書いて説明するとか、いろいろと難しい課題があるそう。自己アピールがうまい方じゃないので苦手そう。人生で特に印象的だったことを話さないといけないのに何も思い浮かばない…という。私もそうだからよくわかる。そういうの話すの嫌だよね。

3月31日（火）

変わらず家で過ごす。サクも今日は家にいて就活のレポートを書いている。

テレビやネットで情報収集。こういう大きな危機が訪れた時こそ、人の真価・本性が表れる。心配症、力強さ、やさしさ、思いやり、恐怖…。私がいちばん避けたい人は、人の恐怖心をあおる人。恐怖心を利用して自分の影響を及ぼそうとする人。注意を喚起するために、あえて厳しいことを言う人と、恐怖心をあおってコントロールしようとする人とはまったく違う。

最近の楽しみは、窓から犬の散歩を見ること。見下ろした時にたまたま犬を散歩させてる人を見かけたら、「おっ!」と思ってすぐにカメラを探して犬の写真を撮る。テトテト歩くかわいい犬たち。すぐに通り過ぎてしまうので気がはやる。

4月

4月1日（水）

昨日の夜ご飯のあと、サクが「過去の印象的な思い出ってなんかあったっけ？」とまた聞いてきた。カーカとあれこれ考えて、いいのを思い出した。私がお風呂《ふろ》に入ってるあいだもカーカがいろいろアドバイスしてあげてるようだった。

夜。寝ていたら、サクが私の部屋に入ってきてコピー機とパソコンをつけてなにやらガタゴトしている。そして、「ああ〜！　間に合わなかった」と椅子に倒れ込んでガックリ落胆している。布団から顔を出して「まぶしいから電気消して」と訴えたら、サクがスーツを着ている。

どういうことか？

聞いて、わかった。実はその会社のエントリーシートの締め切りが31日の夜12時までだったのだ。そのために、さっきの自己紹介のプリントをスキャンしたものと、スーツを着て自己紹介を録画した動画をパソコンから送ろうとして、12時に間に合わなかったのだそう。

椅子にガクリと倒れ込んだままだ。

「そんなの今日になって急に考えてもダメだよ。ずっと前から準備して、余裕をもって提出しないと。最後の日に慌てて作って出そうとするなんて賭《か》けみたいなものじゃん。ネット接続のトラブルだってあるかもしれないんだし。今日が締め切りという時点で、そんなエントリーはやめるべきだよ。縁がなかったとあきらめるしかない。まあ、練習だと思えば？　今までやる気になれなかったんだから、これでギアが入ったかもよ。受験の時と同じだね。のんびりしてて。夏休みにやっとやりだして、もっと早く始めればよかったって言ってたよね。スロースターターなんだよ。まあ、これから頑張って」と私もその無謀さ、計画性のなさにびっくりしてしまい、いろいろと言った。

スーツを着たまま、ぐったりとなっててしばらく動けない様子。

バカみたい…。こういうのって大事な電車に乗り遅れた時みたいな悔しさを感じるけど、考えると私も腹が立つのでもう考えまい。グッと我慢して、「これも運命…」と切り替える。

そして今日は、最後の練習と言いながらギターを抱えて友だちの家に出かけて行った。

カーカにそのことを話したら、「えっ？」とびっくりしてた。「だったら書き直した方がいいなんて言わなかったのに」とカーカも残念そうだった。けっこうおもしろい力作だったみたい。

テレビで、「収納とは定位置を決めること」と言っていた。そうそう。私のまわりのこのたくさんの散らかった物たちの帰る場所を決めないとね。今はまだ宿無しだわ。

今日はスーパーに買い出しに行った。行く途中、マンションのエレベーターで高齢のご婦人と一緒になる。「ご一緒していいかしら？」と気を遣われてる。「もちろんです。本当に大変ですよね～」と声を掛けたら、「もう。毎日どうにかなりそう」と心配してらした。先に降りられたので「お気をつけて」と送り出す。

スーパーはやはり似たような買い出しの人々でにぎわっていたが、混んでるというほどではなかった。ジムで時々会う方と会ったので挨拶《あいさつ》する。そしてこの4月は、1ヶ月分休会手続きできることを教えてくれた。あら、休会しよう。どうせ行かないし。よかった。「ありがとう」とお礼を言って別れる。

開店早々だったのでレジに人は並んでなかった。アジの切り身やボイルホタルイカ、カリフラワー、もやし、玉子、牛乳（今日はたくさんあった）など。備蓄用に調味料と冷凍用のお肉も買った。

午後は家でテレビや雑誌を見る。ワイドショーをつけたらいつも見かける解説者たちが暗い顔をしていた。話題は主に「緊急事態宣言」について。雰囲気的には今日明日にも出されそうだ。

街もどこも重苦しい。

ほんわかした話を思い出した。今朝、出勤中のカーカからラインが来て、見ると消毒を終えたダイヤモンド・プリンセス号が室内灯で描いた窓明かりの「#ARIGATO JAPAN♥」の文字。ツイッターで回ってきた様子。

大変なことになったけど感動的なこともたくさんあったに違いない。

4月2日（木）

今日は買い物にも行かずに家で過ごす。ストレッチしながら録《と》りためた番組を見たり、窓の外を眺めたり、いろいろ。サクも家でゴロゴロしてて、夕方、ジュースを買いに出たくらい。

カーカが仕事の帰りに豆大福を買ってきてくれた。晩ごはんはもやしとかまぼこ炒《いた》めなど。

自粛の日々。私は数日前に頭を「長期戦」に切り替えた。4〜5年と言ってる人もいた。この状態でもできる仕事の仕方、楽しみ、生き方を考えよう。もう環境は変わったのだ。

4月3日（金）

今日は買い物に出かけた。レタスとぶりの切り身など。

家ではテレビで生前整理の番組を見た。私もいろいろ片づけたい、という気持ちを思い出した。落ち着いたら片づけをしよう。

政府が提案する政策だけど、お肉券・お魚券と言ってたと思ったら布マスク2枚、対象世帯30万円など。まさに迷走？ スムーズにいかなそう。古い形態が壊れていく音がするよう。

そうそう。ボンドで修理した洗濯機を使ってみたら、無事に洗濯できました！ 工事の連絡がこないのでしばらくこのまま使ってみよう。

4月4日（土）

いい天気。

今日も録画してた番組を見る。

「ガイアの夜明け」と「カンブリア宮殿」と「がっちりマンデー!!」などの会社もの

は私の生活の変化によりもう卒業するので、今あるのを丁寧に見る。「ガイアの夜明け」の新しいテーマソング、宮本浩次《みやもとひろじ》の「夜明けのうた」がよかった。「美の壺《つぼ》」のテーマは京都の喫茶店。どこも雰囲気がありすぎて行きづらい。だれか連れがいたら行けるか…。

お昼に昨日のぶりの照り焼きの残りを食べた。実は、昨日の夜に食べて半分ぐらい食べ進んだ時、4センチぐらいの茶色いひも状のものが身からひょろりと出ているのを見つけた。蒸し焼きにされた虫だった。

うう。

ティッシュで包んで捨てた。残りのぶりは食べる気がなくなったので、フライパンに戻した。もう捨てちゃおうかと思ったけど、さっき、細かくほぐしてお醤油《しょうゆ》で炒めなおして食べたところ。わりとおいしかった。

午後、サクと目の前の公園へ。ちょっとだけ外に出て新鮮な空気を吸う。桜は散りかけていた。アネモネがきれいだった。エレベーターのボタンにも何にも直接触れないようにして家に帰る。

お気に入り登録してる動画を見てると自然と今の情報が入ってくる。ニューヨーク、マレーシア、香港《ホンコン》…。その都度、子どもたちにこれこれに気をつけるようにと伝える。どんどん緊迫感が増してくる。

4月5日（日）

同じく家でテレビと料理。フレンチトースト、トマトパスタ、チキン麹《こうじ》焼《や》き、豚のバラ肉鍋《なべ》。午後、QPさんからラインが来たので電話で話す。「気をつけてね」と励ましあった。

コロナで家族の絆《きずな》が強まった家や弱さが露呈した家がありそう。

4月6日（月）

郵便局に行く。途中、角を曲がったら、そこにつながれていた犬が「ワンワンワン！」と大きな声で吠《ほ》えてきて、ビクーッ！　となった。怖かった。
買い物に行って食料をいろいろ買う。緊張感をもって。スーパーは地下2階なので息が詰まるよう。
午後、サクが散歩行こうかというので近所を回る。桜が散っていってる。最後の方、足がかゆくなったので急いで家に帰る。

明日にも緊急事態宣言が発令される模様。

4月7日（火）

今日も家にいた。今日はサクが郵便局に行くというので、昨日と違う郵便局に行って帰りに散歩した。八重桜が咲いていた。

夜。安倍首相による緊急事態宣言を3人で見る。それまでは午後からずっと緊張感があったが、実際はあまり緊張感がなかった。拍子抜けした。

明日宮崎に帰るのだけど、準備もしないでのんびり過ごす、これは2か月前から飛行機を予約していたいつもの帰省。今回は学校が休みになったサクも一緒に帰る。しげちゃんには2週間は会わないようにしよう。

4月8日（水）

サクと12時40分にタクシーに乗って空港へ。

高速道路はガラガラで、「あと15分ぐらいで着きます」と運転手さん。空港にも人がいなかった。こんなに空《す》いてる羽田空港は初めて。売店もほとんど閉まってる。開いてるお店もお弁当もわずか。やっと買えた最後の1個の焼肉弁当。

飛行機もガラガラ。30人ぐらいかな。

飛行中、窓から外を見ると、青い空と白い雲が真ん中で2分されて、今の世界の状況を思った。コロナで明暗の境目。お茶のサービスはいつもの紙コップではなく、紙パックのお茶だった。

レンタカーを借りる。安さで選んだ初めてのところ。車に乗り込んで出発。天気はよく、新緑がきれい。ほっとする。

家に着いて、サクが就活のなにかをメールで送らなきゃいけないと言ってバタバタしてる。それが終わって、スーパーに買い物へ。しばらく家に籠《こも》れるように食材をいろいろ買った。

庭をひとまわり。

いい匂いがする。カラタネオガタマのバナナのような甘い匂いだった。木の枝に新芽がたくさん出ている。そしてもぐらの穴もたくさん。歩くとぽくぽく足が沈む。

夜、スーパームーンの満月。オレンジ色の月が大きく出ている。疲れたので早めに就寝。

4月9日（木）

7時に起きて、目玉焼きの朝食。

午前中はバラの剪定《せんてい》。シュートを切り取る。去年、シュートを長く残していたら剪定のおじさんに木が弱まりますよと言われたので今年は気をつける。

午後、遅く起きてきたサクと遅い昼ご飯。焼くだけの生餃子《ぎょうざ》。

サクがぼーっと2階から降りてきて「トイレの照明、変えない？」と言う。暗いのだ。「なんか洞窟《どうくつ》みたい」と。

「そうなんだよね〜」と言いながら2階に見に行く。確かに暗いけど、トイレだから別にいいじゃん…と思いつつ、新しい照明器具を買うか〜。いやその前に、電球を取り換えてみよう。2種類の新しい電球があったのでそれと取り換えてみた。すると少し明るいのがあったのでそれにした。それからランプシェードに手を加えよう。ハサミでカットして明るく…。

チョキチョキ切って、ホッチキスで留めて、ボンドでくっつけて。完成！ 取り付けてみたら、明るくなった！ やった！ 買わずに済んだ。

サクを呼んで見せる。

「ああ。明るくなったね」

夜は鶏《とり》もも肉をジューッと焼く。安くて大きい鶏のもも肉。ニュースを見ると東京のコロナ情報。見ていると緊張するが、こっちはまったく穏やか。

4月10日（金）

いい天気。暑いほど。午前中は塀の外の草取りと落ち葉集め。集中してやったら疲れた。

昼はうどん。ごぼうを入れる。

午後。休憩してから庭仕事。ゆきやなぎの剪定作業をする。ゆきやなぎは花が咲き終わったらすぐに剪定しなきゃいけないそうなので。スギナの草取りもちょっとやる。かなり大きくなっていた。

今、フリージアの花が咲いているのだけど、匂いを嗅《か》いだらとても好きだということがわかった。私はいい匂いのする花が好きなのでいろいろな花を植えているけど、これはかなり好き。くんくんと何度も、通り過ぎるたびに嗅いでいる。

昨日録画した「直撃！シンソウ坂上《さかがみ》」をごぼうと舞茸鍋《まいたけなべ》の夕食後に見てみた。パリの辻仁成《つじひとなり》、マレーシアのGACKTが日本にコロナのことでメッセージを送っていた。辻仁成の話はリアルで緊張感があった。短い時間にちゃんと伝えたかったので早口でしゃべりましたと言ってたのもよかった。私もいっそう気を引き締める。

予告で、来週のゲストは新庄剛志《しんじょうつよし》だということを知る。これは見なくては！　絶対に見逃さないように録画予約しなきゃ。新庄はとても明るくておもしろいから。楽しみ。

4月11日（土）

今日もすごくいい天気。

午前中は草取りと剪定。

ひとりで家を建てているセッセと、道路越しに話す。お墓参りに4人で行こうと言うので、心配だから3週間ほど過ぎて何もなかったら行こうと伝える。セッセの家、今、木の角材を立てているところ。割りばしで作る模型を連想した。

お昼はサクと民家カフェへランチを食べに行く。宮崎県のコロナ感染者の発生は海沿いの宮崎《みやざき》市や日南《にちなん》市あたりで、西部のこのあたりではまだ出ていない。なので緊張感はない。ランチは終わりかけだったのでお客さんはひとりしかいなかった。台湾風豚丼を食べる。お肉の切り方が小さめで食べやすく、おいしかった。食後にイチゴシェイクを飲む。

ついでに真《ま》幸《さき》駅に行ってみた。八重桜やシャクナゲが咲いてきれい。ちょうど観光列車が止まっていて、着いたとたんに発車した。手を振る。

帰りにスーパーへ。お肉、お茶、豆腐、お菓子など。

庭のカエデの木の下に木の屑《くず》が見えた。カミキリムシが入ってる！　すぐに薬を取って来て穴にスプレーした。この木は長いことちゃんと見てなかったが、よく見たら皮がボロボロだ。かなり虫にやられてる。ボロボロになった皮をはぎ取る。余計な枝も切って、きれいに整えなくては。明日からこのカエデを大手術だ。健康にしたい。

振り返って思えば、私はこのコロナ騒動が始まってから変えた予定はない。というか予定そのものがない生活だった。なので実は特に影響を感じていない。

今日道路を走っていて見かけた車がかわいかったので写真を撮った。調べたら来年私が買おうかなと思っていた車の特別仕様車だ。むむ。同じ色のが来年まであるだろうか（そのあとにも見かけたのでよく見てみたら違う車種だった。それに今後は買わずにリースにしようかと思う）。

4月12日（日）

雨。

しっとりとして落ち着く。

馬酔木《あしび》の剪定の動画を見ていたらいてもたってもいられなくなり、傘をさして庭の馬酔木を見に行く。晴れたらすぐに剪定しよう。花が咲き終わったらすぐに花がらを切らないと木が弱りますと言ってた。

ずっと家にいてコタツで作業。

今はコタツに入ったまま振り向いて窓から見える庭が気に入ってる。塀がなくなってスカスカで、可能性がたっぷり。ここはこうしたい、あっちはああしたいと計画が膨らむ。

時々、気分転換に庭に出て植物を観察する。そして気分転換におやつもついついちょこちょこ食べてしまう。

夕方、庭を散歩しながら動画を撮っていたら手からスルッとすべってスマホをコンクリートに落としてしまった。おう！

拾い上げると角がヒビ割れてる。すでに一ヶ所割れてるので2個目。恐る恐る動かすと…、ちゃんと動いてる。壊れてない。よかった。

4月13日（月）

雨、曇り、晴れ、強風と変化のある日。

午前中、馬酔木の剪定。

午後、サクと食材の買い出し。野菜、肉、カレーパン、めずらしい雷イカ、鯵《あじ》、いちごなど。カレーパンは前に買った時はとてもおいしく感じたけど、今日は冷めてて油が重ったるくておいしくなかった。前は揚げたてだったんだ。残念。

　スーパーの入口にガチャガチャを見つけたサク。「これ欲しい…」と言う。見ると、「おっぱいマジックボール」と書いてある。帰りに買ってあげると、すぐに車の中で開けてた。ぎゅっとつかむとピンク色の丸が網のあいだから飛び出すものだった。気持ち悪くておもしろかった。私も家に帰ってから何度も握った。

　今日おもしろかったのは、朝見ていた「モーニングショー」。

コメンテーターの玉川《たまがわ》さん、石原良純《いしはらよしずみ》さん、弁護士の山《やま》口《ぐち》真由《まゆ》さんは自宅からのリモート出演。玉川さんが「サラリーマンは家にいましょう。新しい発見もありますよ。私は今、下はパジャマです」と言った。すると司会の羽鳥《はとり》さんが「1回、立って下さい」と言う。玉川さんが立つと、よく映らなかったけどYシャツの下にすこしパジャマが見えた。すると石原良純と山口さんが苦笑しながら顔をしかめてる。岡田晴恵先生も「私は玉川さんのパジャマは見たくなかったです」と言う。羽鳥さんは「もう二度とやりません」と反省していた。私はワハハと大笑い。

4月14日（火）

明け方、寝ていて不思議なワクワク感を覚える。ここ最近、よくこのワクワクを感じる。少し先の未来に？ なぜだかわからないが。

今日はすごくいい天気。小学校からマイクを通した声が聞こえる。新1年生が今日から登校したようで校長先生が話をされてる。なんだかほほえましい。

サクが「えびの高原に行かない？」と言うので、11時ごろ家を出る。えびの高原の売店に入り、木製品が好きな私は5センチくらいの小さな木製スプーンを2個買う。それから歩いて散策。硫黄山《いおうやま》から煙がもくもく出ている。不動池《ふどういけ》まで太陽の光をガンガンに浴びながら歩く。ビジターセンターを見る。散策中もビジターセンターにも人がいなかった。

おいしい湧き水が出るところがあったことを思い出し、探したけど見つからない。荒れ果てた枯れた水場があった。ここか…？　ここだったかも。新燃岳《しんもえだけ》の噴火で水が枯れたのかもしれないなあ。

霧島温泉郷《きりしまおんせんきょう》の方に降りて、おみやげ物屋さんで温泉の蒸気で蒸した、玉子、トウモロコシ、揚げもち、ソーセージ、おこわを買う。それを食べながら帰る。

今日はとても暑くてとても疲れた。

夕方まで庭木の剪定《せんてい》。顔に葉っぱが何度も触れて痒《かゆ》くなる。

4月15日（水）

今日も剪定。カエデ。ひび割れた皮を剥《は》いで、こぶのようになっていた部分を切り落とす。手をかけたらきれいになって全体の色が変化した。元気になったらいいけど

（なりました）。

以前幻冬舎から出した単行本『こういう旅はもう二度としないだろう』の文庫化の作業中。新しいカバーデザインを考える。ひさしぶりにコピー機を使ったら黄色が出にくくなってた。インクはまだ十分ある。クリーニングしても改善されない。しょうがないので今日はそのままで作業する。切り貼りしてレイアウトするのは楽しい。

4月16日（木）

朝のモーニングショーにまた玉川さんがリモート出演していた。スーツにネクタイ。そして今日も下はパジャマかな。そう連想する人、私以外にもいそう。

天気がよく、暑い。いつものように草むしりや剪定。文庫のチェック。

ふきが伸びてきたのですこし採って小鍋《こなべ》で煮る。おかずが一品できた。

コロナ感染について新しいニュースが入るたびにどんどん緊張感が高まっていく。これからどうなっていくのか。静かに見守りたい。ここ宮崎の片隅はまだ穏やかな日々。小学生たちの元気な声が聞こえる。それでも飲食店には自粛の流れが来ている。

観光地のレストランはお弁当になった。近所のカフェは営業を続けるか、お弁当にするか、閉めるか、迷っている様子。

緊急事態宣言、全国に拡大。宮崎県でも県をまたぐ移動が自粛になった。

毎日、主に庭仕事の日々だけど、この生活はコロナ前と同じだ。東京でもそうだけど私はコロナ前とコロナ後の生活がほとんど変わっていない。数年前から人にも会わない暮らしだった。

4月17日（金）

モーニングショー、玉川さん、いた。今日もパジャマか！

天気は曇り。テレビを見ながらチーズトーストとミルクティーの朝食。今日も剪定の続きをしよう。

高さ80センチぐらいのクチナシの木がある。目隠しのためにフェンスのそばに植えたものだ。生長するのを待っている。その葉が黒く変化していた。なんだろう。病気かなと思い、調べたらそうだった。スス病菌というカビの一種（たぶん）。光合成ができなくなるという。拭《ふ》き取るといいというので全部の葉を拭いた。緑色の葉っぱに戻った。よかった。

それからドクダミの葉っぱを抜く。地下茎で広がるのですべての根は取れないけど、できるだけ見えてる葉っぱを抜いた。とてもたくさん出ている。５００か１０００は抜いたと思う。

サクと買い物。マヨネーズや洗剤を買う。昨日の夜、ゴキブリが出たと大騒ぎしたサクがゴキブリ退治のためのボール型の駆除剤をカゴに入れた。そのゴキブリ、今朝洗面所で死んでたそうで、見ると2センチぐらいの小さいものだった。ついでに公園へドライブ。桜並木のきれいな八幡丘《はちまんがおか》公園。今は藤やツツジが咲いている。だれもいなかった。あ、犬の散歩の人がひとり。空気は肌寒い。

夕方、安倍首相の記者会見。ひとり10万円配布のこと。楽しみに聞き始めたけど、どんなに聞こうとしてもなぜか耳に入ってこない。胸に直接響かない。ついに諦《あきら》めて洗濯物をたたむ。

夜は豚肉と白菜の蒸し煮。交互に重ねて蒸したやつ。それときゅうりと大根とシーチキンのサラダ。

今日のドライブの時、なんだかうっすら憂鬱《ゆううつ》だった。なぜだろうと考え、気が沈む理由をひとつ、思い出したのでそれを横に置いた。すると、その下にもうひとつあった。それをよけたらさらに下にひとつあった。そういうふうに気がかりがキャベツの葉のように巻いていたらしい。

ひとつひとつ憂鬱のもとをはっきりさせて剝《む》いていくと、わりとスッキリする。なくなるわけじゃないけど。

録画しておいた「シンソウ坂上」を見る。ゲストは新庄。あいかわらず明るく前向きで常に挑戦！の日々。かつて信頼していた人に騙《だま》されて人間不信になって、整形して顔を変えたエピソード（それほど変わってなかったが）も生々しかった。たゆまぬ努力と行動力に私も力づけられる。

4月18日（土）

「静けさのほとり」で話したことだけど…。

先週どういうわけか明け方にワクワク感があり、寝ながら強く明るい気持ちになっていた。そんな数日がすぎて最後、たまにある明け方のお告げのようなものがあって、「ひとりひとりが自分の力を自覚すること」とのこと。私も含めみんなわりと「自分なんて」と自分を過小評価しがちだけど、ちゃんと力があるんだと認めた方がいい。

そうすると力が湧いてくる。…というようなお告げだった。それを聞いて私は力が湧いてきた。なので「ほとり」のみなさんにもすぐに伝えました。

朝、起きてすぐに庭をひとめぐり。洗濯物干し場のわきの気になった草をむしる。

無心に楽しく。

すると！

なんとかたわらにネズミの死骸《しがい》が！

ビクーッ！　と飛び上がる。

きゃあ。

ドキドキしながらそこから遠ざかり、

ゆっくり考える。

なぜ？

こんなこと初めて。

そして思いついた。あれしかない。サクがきのう家中に置いたゴキブリボール。あれを舐《な》めたんじゃないかな。ネズミの舌ならちょろちょろ届きそうなすき間がある。

サクを呼んで、新聞紙と炭ばさみを使って袋に入れてもらった。そして手を合わせて、大きなごみ袋へ。チーン。

午後、届いた花の苗を植える。クレマチスやエキナセア、モナルダなど。あと、「プロフェッショナル」で知って注文した黒赤ダリアの球根も届いているのでそれも近々植えつけたい。

幹の直径が20センチぐらいあるこぶしの木が弱って枯れていたのを近くで見てびっくり。中心部が腐ってる。あわてて移植ごてやノコギリで中を取り出す。その後、いろいろ調べたら特に腐り部分を取り出さなくてもいいという意見もあった。そうか。意見もいろいろだな。でも気をかけて手をかけたので、よくなりそう。

「植物は目と手と気をかけるとよく育つ」というのが私の持論。

今日のおやつはさつまいも。棒のように細く切って炒《いた》め、砂糖をからめる。夜は甘ロカレー。

4月19日（日）

おだやかな日曜日。

コロナの患者数が増えていくのを息をこらして見守る日々。今日も庭で作業しながら静かに過ごそう。

官僚や政治家の発言を聞いていると、既得権益、利権団体、という言葉が浮かぶ。

テレビをつけたら、コロナ関連で世界のアーティストたちがみんなで歌を歌いついでる。私はこういうのが苦手なのですぐにチャンネルを変えた。

それにしても、今回のことで世の中があっというまに変化した。おもしろいほど急激に。思うに近い未来、今まで生きづらいと感じていた人々で生きやすくなったと感じる人も多いのではないか。どこが、というのは人それぞれだが。

可能性も開けた。

ドクダミの葉を土から抜く。かなり抜いた。

セッセが今日も、私には割りばし模型のように見える家を、トントンと作り中。

私は有名人とか芸能人は苦手で無名の人が好きなのだが、それは有名人は周囲への忖度《そんたく》があってあまり本当のことを言えないから。本音を話さない人との会話は時間がもったいないと思ってしまう。

4月20日（月）

ワイドショーを見ていたら赤江《あかえ》珠緒《たまお》さんのコロナ陽性体験談が出ていた。療養と子育てとの両立はたしかに大変そう。いろいろ想像して他人事《ひとごと》ながらドキドキした。

庭仕事。気になっていた木の剪定《せんてい》。

もぐらの穴がすごい。庭中にトンネルを掘られてる。歩くとポコポコ沈む。おちおち植物も植えられない。いつか退治してもらおうか…といつも思う。

モッコウバラが散り始めた。

思い出すと憂鬱になることや過去の失敗を思って気が沈んでいた。作業しながらずっとそのスパイラルに入ってしまっていたので、いけない！　と思い、まぶしい新緑の木を見上げ、わざと気持ちを晴ればれとさせてみる。

夜はメカジキのソテー。タコぶつ。

4月21日（火）

午前中は入口近くの花壇の草むしりと落ち葉拾い。

午後はサクとカーリースのお店に行く。もし今年宮崎にいる期間の方が長くなるとしたら、レンタカーよりカーリースの方が安いかもと思ったので。行って、説明を受ける。リースは最低1年以上とのこと。値段はレンタカーより安い。ううむ。ここ2～3ヶ月のコロナの様子を見てから考えよう。

帰る途中の道に、今は廃墟《はいきょ》になっている苔《こけ》むしたホテルがある。昔、そこの展望レストランに家族で食事に来たことがある。そこの前を通った時、「ここに数日前に肝試しに入った20代の男性ふたりが腐敗した死体を発見したんだって」とサクが教えてくれた。ニュースを検索したら出てきた。おお。びっくりしただろうなあ。

サクが秋田の新しいお米のネーミングを募集してるから考えない？　と言う。どれどれ。ネーミングなんてむずかしいね。…と思いながら夕方、また落ち葉拾いの続きをしていたら、ふといい名前が浮かんだ。応募してみようかな。

4月22日（水）

今日もいい天気。あまりにも快晴で、雲ひとつない空が青い。コロナの息苦しいニュースを見たあとでは現実味がなくＳＦ映画のよう。

午後、サクとクルソン峡に行く。水源にもなっている冷たい清流だ。そこまでの道が悪く、強風で大きな木の枝がいくつも落ちていた。バリバリと枝を乗り越えて進む。川の水は冷たく、透明。手を浸すと凍えるようだった。

行く途中に見える高い橋がある。川の流れる谷底から見上げると遥《はる》かに遠い。サクがその橋を通ったことがあると言う。おととし、友だちが遊びに来た夏に。

へえー。どうやって行くの？

こっち。

と、来た道と逆の道を指さすので、そっちに曲がってみた。

くねくね道をずんずん登っていくと新しい広い道に出た。そこを進んで行くと、深い谷を渡る大きな橋がドーン！

すごい。天空の渡り廊下だ。こんなのが山の中に。

渡り切ったところに車を停めて、歩いて橋の途中まで行ってみる。怖くて真ん中までは進めない。あまりにも高く、欄干からのぞくと遥か下に川が見える。写真を撮りながら、カメラを落としたらどうしようと考えただけでヒヤリ。高所恐怖症でなくてもゾッとする。ぶるぶる。クルソン大橋と橋の名前が書いてあった。

そのままその道路を進んだら、見覚えのある道に出た。いいところを知った。

家に帰って蕎麦《そば》の遅い昼食。食後、台所で熱い日本茶を入れる。日本茶のいい匂いを嗅《か》ごうとしてマグカップを持ちあげた手が揺れて、熱湯が左手の指にかかった。

きゃあ!

やけどした。主に薬指が熱い。しまった。冷凍庫から保冷剤を取り出して指にあててハンカチで押さえる。冷たくすると痛くない。そのまましばらく、2時間ほどやってたけど、保冷剤を取るとジンジン痛い。

このままでは夕飯の支度もできない。そうだ。軽いやけどには乾燥による痛みを和らげる湿潤療法だ。薬箱をみたらふわっとしたその傷パッドがなくて普通の傷パッドしかない。すぐに車に乗ってドラッグストアへ向かう。

一応、レジの女性にやけどしてヒリヒリするんですが…と言うと、「ああ」と言って、ある棚に連れて行ってくれた。そして「これが昔からやけどに使われてます」と漢方系の軟膏《なんこう》を手渡される。やけど・きず・痔《じ》に「紫雲膏《しうんこう》」と書いてある。

「ああ…。あの…バンドエイドみたいなので、湿った…」としどろもどろに伝えたら、傷パッドの棚を教えてくれた。

で、いろいろと見て考えて、湿潤療法の傷パッドの形の違う2種類とさっきの「紫雲膏」をもってレジに向かう。「紫雲膏」は使わないかもしれないなあと思ったけど、なんだかぼーっとしたまま持ってきてしまった。

「いろいろ使ってみます」

で、お金を払って、家に帰ってから買ってきたのを取り出してやけどの上に貼りつけた。ヒリヒリしない。よかった（結局「紫雲膏」は使わなかった）。

4月23日（木）

今日は去年作った菊コーナーにたくさん生えているヨモギを抜く。ヨモギも地下茎で広がるのでいたるところに葉が出てる。コツコツやる。

しばらくしてからなんとなくスマホを見てみた。すると岡江《おかえ》久美子《くみこ》さんがコロナによる肺炎で亡くなったというニュース。まあ！　私は「はなまるマーケット」をよく見ていた。ちょうど子育て期だった。明るくて、聡明《そうめい》で、素敵な人だった。残念。

強風で少し寒い。寒いと庭仕事もあまりはかどらない。

4月24日（金）

今日も風が強い。

今日もセッセがひとりで家を作っている。

塀の中から声をかけると、近づいてきた。家を作っているとよく人から話しかけられるそう。「ひとりで作ってるんですか？」とおずおずと聞く人や「大工さんに頼んだらどうですか？」と助言する人。

「鶏《とり》小屋なんかを作る人はいるけど家をひとりで作る人は珍しいからね」と私。

それからコロナの話題など。

「スーパーで買い物しづらくなったら困るなあ」とセッセ。

セッセはコロナでもあまり変化がないそう。マイペースで家を作っているだけなので作ってる間は「しあわせ～」と感じると言う。

「私も特に予定を変えてない」

どちらも世間とのつきあいがあまりないので生活に変化がない。かえって生きやすいぐらい。コロナ生活になって社会習慣が変わり、今まで生きづらいと感じていた人で（ある部分）かえって生きやすくなったと感じる人がいると思うと書いたが私もそう。社交辞令をしなくてよくなったし。
あと、理容室「つゆこ」のおばちゃんが「コロナでパチンコに行けなくなったから
お金が財布に余って余って」と言ってたそう。
ひさびさに明るい話だった。

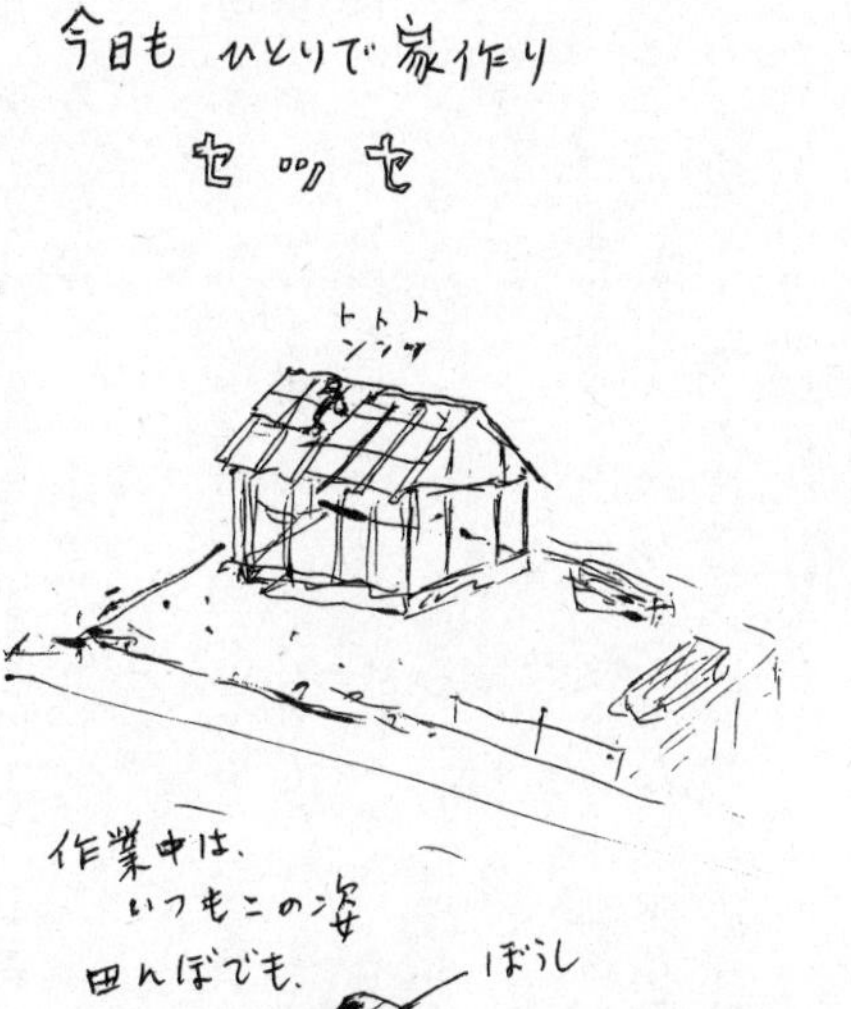

「風が強いから屋根を張る時気をつけて〜」と言って別れる。今は屋根の上に板を張っているところだ。

かわいい赤い花のイチゴの苗（200円）を買ったので庭に植える。

風が強く、やはり寒い。天気がよくてもコロナのことで心が沈みがち。パーッと晴ればれとした気持ちに当分はなれないのかな。今はまだいい方なのかな。これは戦争とトランプさんが言ってた。もしそうだとしたら、と私も気を引き締める。今後のこと。どうするか。

とはいえ、特に思いつくことはなかった。手がけている社会的な活動がないからだろう。この先しなきゃいけないことがない。来年の引っ越しぐらいか。気楽だ。数年前から半リタイアなんて言ってたけど、その流れのおかげで本当にストレスのない状態。とはいえやはり気は沈むけどね。

さて今日は、お相撲さんがすすめていた玉子かけご飯牡蠣《かき》醤油《しょうゆ》かけをつくった。おいしかった。

コロナのことでいろいろな人がいろいろなことを言ってる。そのひとつひとつにうなずいたり、沈んだり、力が湧いたり…。

こういう時に、誰が何をするか。何を言うか。どういう行動をとるか。なんてつぶやくか。

黙っているけど嫌なことを言わないとか、そういうのにもグッとくる。そういう、もの言わぬ静かな行動に。

4月25日（土）

今日もコツコツ草むしり。セッセが屋根に板を張ってる。

手が空《す》いてそうな時に声をかけて塀越しにしゃべる。私たちは普段あまりしゃべることもなくよそよそしいのだが、コロナのことでうっすら興奮状態。つい話もはずむ。

草むしり、家に入る、しばらく休憩、また庭に出る。かわいい花を見つけて写真を撮る。草むしり、家に入る、を繰りかえす。

4月26日（日）

朝のお告げが！

「問題を解決するためにはまずその問題を理解すること。その問題自身を理解しなければ解決はできない」

今日もいい天気。

日曜日なのでセッセの家作りにしげちゃんも一緒に来ている。また草むしりをしている様子。近づいて話す。足が悪いので地面にぺたんと座り込んで手が届くまわりの草をむしりながら少しずつ前進していく。

「今度、草刈り機を買おうかと思うのよ」

などと言う。相変わらず気持ちはアグレッシブだ。

うちの庭の花を見せるために庭を一周する。セッセにしげちゃんの手をひいてもらい、私はソーシャルディスタンスをとってできるだけ離れる。こっちに帰って来てから2週間以上過ぎたけど、もし私から感染したらと思うとできるだけ慎重に。今咲いている花（アマ、バラ、エリゲロン、カモミールなど）をひとまわり歩いて見せる。楽しそうに見ていた。

午後は庭と家を出たり入ったり。日本中が自粛中なので私も静かに過ごす。

ニュースで居酒屋を閉めることに決めたご夫婦の話を見る。かわいそうだった。毎晩眠れなくて、目を離したら旦那《だんな》さんが自殺するんじゃないかと思ったと奥さんが話してた。このコロナで人生が激変する人は多いだろう。このあとどうなるか。でも生きていればいつか笑える日は絶対に来ると思う（そう思ったのは昔、父親が死んで半年ぐらいたった頃）。

お酒を飲むのを長らくやめていたけど…、ついにここにきて、退屈を紛らすためにまた飲み始めました。うう。今はいいか〜。

4月27日（月）

私の YouTube 動画のコメントを見たら、「今までとても大変な人生を送ってきたので今はそれほど大変ではないです」というようなことを書いてる人がいて、それを読んだ時、ふと気が楽になった。みんな大変大変と言ってるので風が吹いた感じ。

私の「静けさのほとり」という有料音声ブログではいろいろな質問にも答えている。「つれづれノート」で過去にさまざまな出来事や人々のことを書いてきたが、その後、事情が変わったり、いいと思った人の悪いところを発見した場合、そのことを書くのははばかられるのでそのままにしているんだけど、実はちょっと気になる。そういったあたりを突っ込んでもらえると私も「よくぞ聞いてくれました！」と思い、嬉々《きき》として答える。できるだけ難しい質問、聞きづらい質問ほど答えがいがある。

今日は曇り。空気も草木の色もしっとりしている。

コロナ自粛で相変わらず緊張感はあるけど淡々と過ごすしかない。

いろいろな情報を聞いていると、悲観的な話から楽観的な人までさまざま。私はできるだけ幅広い意見を聞いて、どれをも大きく含める感じで考えている。

道の駅で先日、何周年記念かのお祝いでイベントをする予定がコロナ自粛でできなくなったので代わりにお花をプレゼントしています、という。それは私の苦手な花だったけど、しょうがないのでありがたくいただいた。

家に帰って黒猫の形の植木鉢に入れておいたら花が咲いた。すると、なんともいい感じ。黒猫との相性がよく、おもしろい。それを写真に撮って音声ブログにあげたら、「ペチュニアですか？」と聞かれた。調べたらそうだった。最近よく見る花だ。花殻を取ると何度でも咲くそう。嫌いな花でも見せ方ひとつでおもしろくなることがわかった。発見。

でも、もうひとつ、マリーゴールドもいただいた。これはもっと苦手な花だが、いい見せ方が果たしてあるだろうか。

午後は快晴。暑くなる。庭作業。セッセの家作りしてる音がする。動画で岡江久美子さんの追悼似顔絵を描く。赤や黄色の花でできるだけ明るくまわりを飾りました。

4月28日（火）

今日もいい天気。

朝、9時ごろ庭めぐり。気になったところをちょこちょこ手入れする。あちこち、目につくものがたくさん。非効率に手を入れる。私は非効率にやるのが庭に関しては好き。途中、ぼんやり、うろうろ歩いてる時間が大事なんだと思う。

セッセが家作りに来てたので「おはよう～」と声をかけたら、道を渡ってこちらに近づいてきた。最近は変わったマスクをしている。仮面ライダーのようだ。木の切りくずが入らないようにオート

バイ用のカバーをつけているそう。

朝の情報交換。コロナ感染者が減ってきた話。イタリアの緩和状況、美容室の消毒、置き雑誌の廃止など。

「今まで生きづらいと感じていた人で生きやすくなった人はいると思う」と言ったら、「孤独に強い人はいいと思うよ」とセッセ。

私たちは共に孤独に強い。井戸端会議が苦手、というようなことだが。

セッセは昔会社勤めをしていたことがあって、「○○さん（セッセのこと）が知ってたらもう会社の全員が知ってる常識」と言われていたそう。それほど世間話をしないという一例。


庭では毎週のように新しい花が咲き始める。今はライラック、アヤメ、紫色のクレマチスなど。

今日も家にいて、庭に出て、同じように過ぎた。

早く収束しないかなあ。

どうしてもなんだか息が詰まります。と同時に、この状況をおもしろがっている自分もいる。変わったことになったなと。これからどうなるのかなと。

今日、部屋のブランコに乗ってぼんやり外を見ていたら、鉢に植えたバナナがまるで鶴が羽を広げてるように見えた。

4月29日（水）

今日もいい天気で庭仕事。

米軍がＵＦＯ映像を公開したのはなぜだろう…。

注文したハスの蓮根《はすね》が送られてきた。白とピンクの縁取り。それと土10キロ。水鉢に入れたら蓮根がプカリと浮かび上がってきた。土が足りないんだ。水田の土がいいと聞いたので、兄に承諾を得て１００メートルほど先のうちの田んぼの土を袋に入れてとってきた。よいしょよいしょと歩いて運ぶ。それを入れたら今度はどうにか土に埋まった様子。葉が出るだろうか。花が咲くだろうか。楽しみ。

午後は庭の植物に水を撒《ま》く。ずいぶん雨が降らず、土が乾燥してきたので。１時間以上かけて一周して撒いた。

セッセが今日も家作り。屋根の上に登ってる。落ちたらと考えると恐ろしい。話すチャンスがあったので話す。

「どうやって家の作り方を調べてるの？」

「ネットで調べると結構いいアイデアを拾えるんだよ。材木を屋根の上に運ぶのをどうしたらいいか考えてたら作業の前日にちょうどいいやり方を発見したりして」

「ひとりで持てないような重い材木を上げるのってどうやるの？」

「フックを２つ使って…」

など、いろいろ。

「気をつけて。疲れないように。無理しないように」と私はいつも言う。もし今、屋根から落ちて怪我でもしたら、死んだりしたら、とても困るから。すると、「毎日、あまりにも疲れて、たまにふらっとすることがある。体中が痛い」と言う。そうだろう。でも、セッセは昔から苦しいほど自分を追い詰めるところがある。苦しければ苦しいほど生きている実感が味わえるみたいだ。

夕方のニュースを見ていたら鹿児島県阿久根《あくね》市の生うに海水パックのことを言っていた。うに丼があまりにもおいしそうで、店の名前をメモしてすぐに注文した。３２４０円。送料が９９４円で、合計４２３４円。楽しみ〜。

夜。お風呂《ふろ》上りに壁に小さな蜘蛛《くも》をみつけた。１センチぐらいの。ビニール袋をかぶせて移動させ、外に出した。空気がひんやりしていい匂い。いい気持ち。

　その時にふと空を見たら、たくさんの星。

　わあー、と思い、ベランダに上って夜空を眺める。北斗七星がくっきり見えた。北極星はどれだっけ、北斗七星のどれかとどれかをつないだ延長線上に…と思って見たけど星がたくさんあってわからなかった。

4月30日（木）

さすがに退屈になってきた。コロナ自粛にも飽きたなあ…。

でも天気はかわらずいい。晴天。

今日も注文していたものが届く。それは追加した動物の形の鉢。子猫3つ、鳥、象、ライオン。思ったよりも小さかった。あのペチュニアの黒猫のまわりに並べた。苦手なマリーゴールドを素焼きのライオンに植えてみたらわりとかわいかった。

　それから庭の照明器具を磨いた。丸いガラス製。6個。くるくると回して外す。洗剤とアルミたわしでこすったけど完全にはきれいにならなかった。ほどほどのところで納得する。天日に乾かして、設置。きれいになって気持ちいい。

次に、クリスマスローズの花後の剪定《せんてい》。昨日、動画で勉強したのだ。クリスマスローズの花はかなり長い間咲いているけど、色が緑色になってきたら、剪定した方が来年花がたくさん咲くそう。で、根元から切り取る。残った新しい葉っぱがサワサワしてる。クリスマスローズは風通しがいいのが好き、ということなのでサッパリとなってよかった。

夕方、サクに庭の通路の苔《こけ》を高圧洗浄で落としてもらう。これはずっと気になっていたもの。雨が降るとツルツルすべって危なかったのだ。これでやっとスタスタ歩ける。今までは滑らないように忍び足で歩いていたので。

ニュースを見たら今日はこのへんの気温、25度以上だった。どうりで暑いと思った…。

この自粛はこれからも強く弱く、長く、続くだろうけど、働く喜び、働ける喜び、動く喜び、動ける喜び、遊べる喜び、会える喜びを教えてくれたと思う。

マリーゴールド

5月

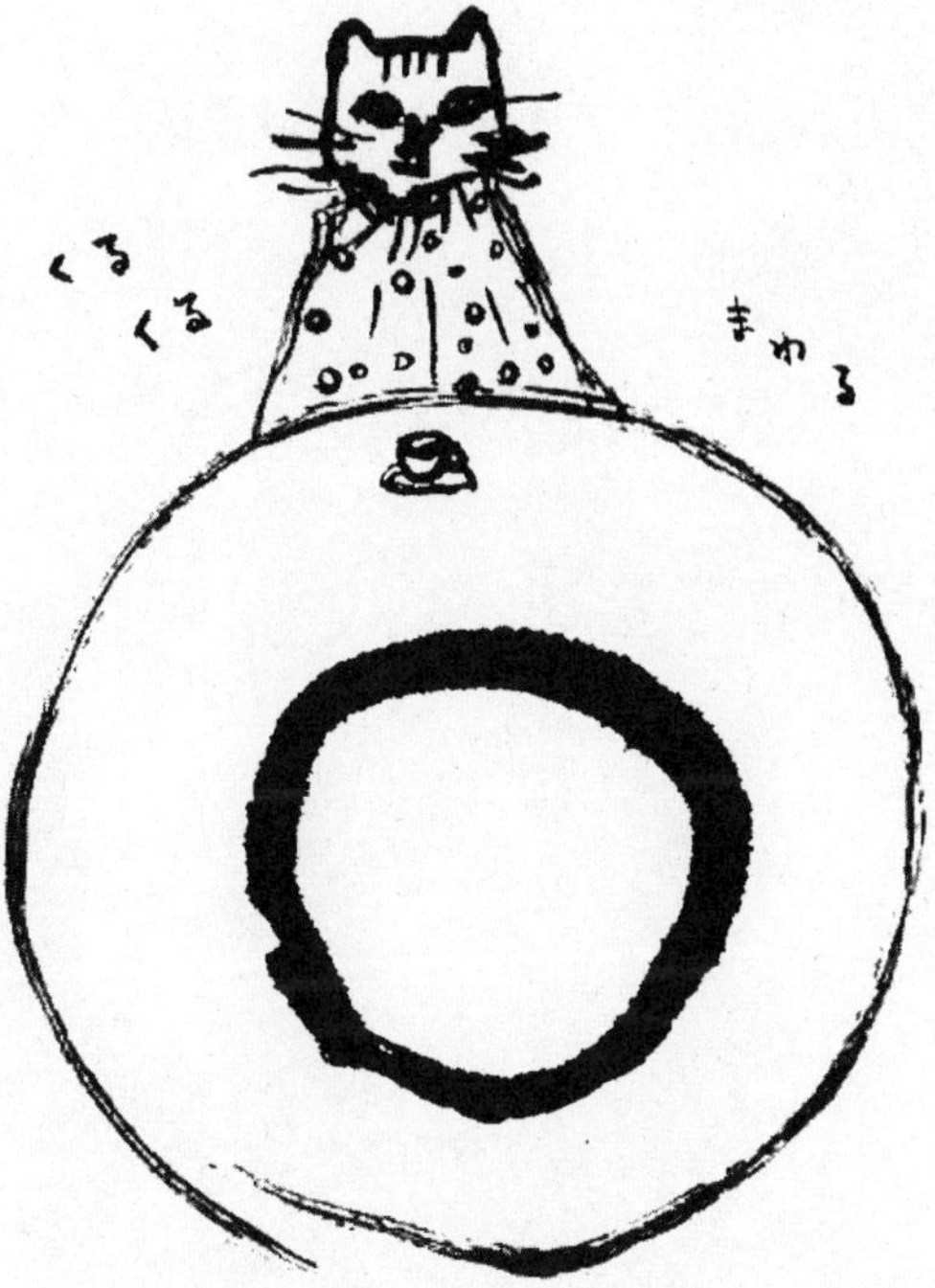

5月1日（金）

5月になった。

いつもなら素晴らしい新緑の頃。

昨日の夜、寝る前にネットフリックスでサスペンスっぽい映画をちょっとだけ、最初の30分ぐらい見て寝たら、ものすごく苦しい悪夢を見てしまった。うーうー、唸《うな》ってたと思う。唸り声が自分の耳に聞こえたもの。
ああ。とても苦しかった。怖かった。

その映画というのは「最悪の選択」というの。タイトルで見てしまった。いかにもの。本当に私ったら。でも続きを見たいので、今日か明日《あした》か見るつもり。

QPさんにひさしぶりにラインで連絡をとってみた（ガンジーさんはラインをやってないしメルアドも知らないので）。

どんな暮らしぶりか聞いたら、（大阪弁で）毎日平々凡々に暮らしてる、って。電車に乗ったら4人しかいなくて不気味だった、って。買い物はちょっと遠くの開いてるけど混んでるスーパーへ散歩がてら行ってるそう。
「またプールでぷかぷかできる日までがんばろうね」と書いたら、「早くプールに行きたい！　今まで、夢のような生活でした。朝からジムに行き、ジムで終わり。たまにお酒飲んで、失敗して、楽しかった～」と。「前を向いてがんばる！」って。

失敗も懐かしいね。あの頃の、平和な頃の失敗。

　クスリと笑える。

確かに私たち、お酒である日、ある飲み会で失敗したね。とても飲みすぎて、翌日後悔したね。ふふふ。あの時はとても嫌だったね。

失敗も懐かしい。

今日もとても暑い。

暑すぎる。

サクと郵便局に行って、いつも行く喫茶店でチキン南蛮を食べる。2時ごろに行ったので他にお客さんはいなかった。

それから矢《や》岳《たけ》高原という近くの高原へ行く。くねくね山道を進んで。

春霞《はるがすみ》で全体がかすんでる。正面に広がる霧島連山、手前に低くえびの盆地。そこを流れる川内川《せんだいがわ》。川に沿って田んぼが広がる。とても平和な景色。

石の上にねころんで空を見上げた。

青い空。

白い雲が動く。

帰りに魚屋さんで魚を買った。「閉店セール」と書いてあったとサクが言うのでビクビクしながら入ったら、ゴールデンウィーク中の閉店前のセールだったことがわかりホッとする。イカと、なんとかっていう細長い魚をカルパッチョ用に買った。

5月2日（土）

苔の高圧洗浄の残りを一気に片づける。カンカン照りの暑さの下、やりおえてグッタリ。跳ね返りで足は真っ黒。

洗浄しながら考えたことは、このコロナで人々が、1ヶ月以上も仕事・遊び・外出・人と会うことなどを停止、自粛せざるを得なくなったという経験。健康な人がこんなに休むとはすごいこと。その間、家族や自分と向き合わざるを得ないという経験。それはかなりの新境地、図らずも価値観の新しい開拓になったのではないか。価値観の再確認。すごいプレゼントだ。

セブン-イレブンのゴマがたっぷり入ってる冷凍のタンタンメンがおいしいよとカーカが教えてくれたので買ってきて食べる。こってりしておいしかった。

時々、とても暗い気分になる。さっきなって、とても暗かった。たいがい30分ぐらいで普通に戻るが。

サクの就活履歴書用の写真が笑える。イケメン風で。見た時、ふたりで笑った。撮影スタジオで眉《まゆ》とか描いてくれたらしい。ふふ。

夜。「最悪の選択」を見終えた。これは見なくてもよかったわ。気持ちが暗くなった。次に、「イントゥ・ザ・ナイト」と「デンジャラス・ライ」を見始め中。「スーツ」シーズン8も見てるけど、前ほどのめり込めない。

5月3日（日）

また苦しい夢を見た。昨日の映画のせいかも。うう。

今日は雨。しっとり。涼しくて新鮮。近頃とても暑かったので。

そんな中、しげちゃんとセッセが日曜恒例の庭の花を見に来た。ぱらつく雨を見ながら、外の渡り廊下の下でしばらくしっとりと語りあう。

遅いお昼にうどんを作る。道の駅で買った冷凍の「十兵衛うどん」。ここのつゆが好き。それに、さっき動画を見て作った半熟煮玉子を入れる。

半熟煮玉子の作り方。

7分茹《ゆ》でたゆで卵。醤油《しょうゆ》、酒、みりん、砂糖を合わせて一度煮立てる。剥《む》いたゆで卵をそこに入れてだいたい45分おく。その動画ではその煮玉子を糸で半分に切っていた。そこにグッときて（いつも包丁で切ってて、包丁につく黄身が気になっていたので）、私もいそいそと糸を取り出す。ちょっと難しかったけど糸をまいてひっぱり、半分にツーッと切る。その快感。

煮玉子とちょっとした薬味（冷凍しておいた揚げごぼうと揚げネギ）を入れて、うどん完成。おいしかった。

午後になって雨が上がった。

何度も何度も、庭に出て観察。

新しく咲き始めた花をいくつか発見した。ウツギ、ガウラ、テイカカズラ。テイカカズラはもっと上の方にアルミワイヤーで誘引しなくてはいけないなあ…。

地面に赤いものを見つけた。

近づいてよく見たらいちごだった。去年植えたワイルドストロベリーか。約1センチ。小さな赤いいちご。おいしそう。

洗って食べたら、おいしかった。

ツタを絡ませるために買ったアイアンフェンスが届いた。８つ。

それから、オオイタビ（フィカス・プミラ）を再注文した。３３０円のを20鉢。黒く汚れて見える壁面を早く覆いたい。

作業の合間、ちょこちょこ庭に出て庭仕事。1時間ごと、日に15回ぐらいも出てると、さすがに飽きる。もうやることがない。やろうと思えば大掛かりなのがあることはある。力が湧いたらやろう。

そういえば、前にサクが秋田の新種のお米のネーミング募集の案内を家族に見せて、ヒマな時に考えない？と言ってきた件。浮かんできた名前をネットで応募した。

トランプさんと中国のこれから起こりそうな険悪な関係。死んでると噂されてて元気だった（？）北朝鮮の金《キム》委員長。いろいろ、世界の情勢から目が離せない。日本を含め世界中が今は一大事で、映画の何倍もおもしろく、興味は尽きない。緊張感と共にとてもワクワクする。これからこの世界はどうなるのだろう。変わりそう。ＵＦＯまで参加させたし。でももはやＵＦＯどころではない感じ。それよりも今、来月、この夏、今年、来年、だわね。実際に動ける人でやってかないとね。

5月4日（月）

昨日の夜中、ものすごい豪雨だった。目が覚めたほど。

そして今日は晴れた。

食料が底をついたのでスーパーに買い物へ。バナナが大セール。小ぶり5本、１５０円。安いか？　そういえば昨日、「バナナの輸入量が少なくなって高騰するらしい。しげちゃんは毎日バナナを食べていて、この人の体はバナナでできている」とセッセが心配していたのを思い出し、ひとつ買う。

豚バラ、鶏肉《とりにく》、カツオのたたき、小松菜、キュウリ、さやえんどう、サニーレタス、豆腐、納豆、冷や汁の素、よく買う好きなレトルトタイカレー。

午後から猛暑。私は疲れてしばらく昼寝。起きて、家の屋根をトントン作ってるセッセにバナナを手渡す。

クロバナロウバイが咲いた。増えてきた花の球根を裏に移植する。ふと見ると、藤の花が咲いてる！　わあ。うれしい。

緊急事態宣言が延長された。でも人口と感染の少ない地域は少し制限を緩められた様子。このあたりでは食品を買える店が少なくなってかえって混んでたし、人のいないところにドライブに行くのも悪いことをしているような雰囲気で息苦しい。

5月5日（火）

晴れてる。

鳥の声も順調。

朝食に、日本茶とおせんべい1枚。おせんべいはぷく～んとふくらんでるのが好き。セッセが家を作ってるトントンという音が聞こえる。

今日は、植木鉢に庭の草花を植え込む、というのをやってみた。まず猫の植木鉢にニワゼキショウを植えた。

ひとつやって、ヘトヘト。意外と簡単ではない。私は大雑把にやってこれだけど、丁寧にやろうとするならすごい根気と時間がかかりそう。

もうやめようと思ったけどフーフー言いながらもう4つ作る。シダ、苔《こけ》、エゴノキの新芽、ホタル草。

ああ、疲れた。暑い。今日はこれでいいか〜。ところどころ動画に撮る。


作りながらいろいろ考えた。

今後の人生の孤独感を乗り越えるのに、どうすればいいか。生きるうえでの仲間を作りたい。そのために長期計画でいろいろ模索している。もの作りの仲間を作りたい。私は結局、何かを作るのが好きだし、何かを作るのが好きな人が好きなのだ。あと、たぶん子どもっぽい人が苦手だということ。すぐに怒ったり、感情的になったり、関係を壊したりする人が。

子どもっぽいというのじゃないのかな…。どういう人なのかわからないけど、まあ、そういう人っているから、できるだけ近づかないように気をつけたい。


午後。

ちょっと疲れが取れたので、あと3つ作った。蛇いちご、ヒメツルソバ、キキョウソウ。ふう。

松虫草の花がずいぶん咲いて姿が乱れたので切り戻す。切った茎に残っていたいくつかの小さな花を摘んで、花瓶に活《い》けた。台所のシンクのところに置く、いい感じ。松虫草、大好き。

夕方。疲れた体にスパークリングワインが染みる。
そう。長いことお酒を飲むことをやめていたのに、このあいだからついに解禁。というのも、毎日ひとりで庭仕事をしていて外には出られない、テレビではコロナコロナ、暗い話ばかりで気がめいる。で、飲み始めてしまった。うう。暇なのでついつい…。

家飲みの人、増えたのではないかな。
今日の夜ご飯は、豚肉のソテーにしようと思ったけど、小松菜があったので小松菜と豚肉と豆腐の煮物を作る。小松菜の下の方をカットしたら切り口が薔薇《ばら》みたい。薔薇の花、3つ。

ふきが庭にまだたくさんある。ふきの煮たのも好き。でもこの春、3回は作ったのでもういいかな、と思ってる（飽きたの）。

過去において、やさしくなかった人のことを思い出してしまった。あの人は、今思

えば、やさしくなかった。あの人も、あの人も。あの頃はあえてそう思わないように
していたけど。今、思い返すとそう思う。そういうことはたくさんある。
ああ。
どうしたらいいのか。
人との関係はもどかしい。

5月6日（水）

朝。曇り。

朝の清々《すがすが》しさの中で浮かんだことを音声ブログ「静けさのほとり」に録音。世界の中を世界に触れずに歩く、の話など。

朝はいい。心が静かで。

それから庭をひとめぐり。そしたら蚊にさされてしまった。痛い。2ヶ所も。足首の左右同じところ。

朝ご飯。
昨日撮った草花の動画を YouTube にアップする。たまに、大変だと思わない間隔で動画をアップするのを続けたい。やる気が薄れてしまう波がくるけど、楽しみにし

てくれる人がいるのを見ると頑張ろうと思う。でも、いつまで続けられるかわからない。

ふたたび庭へ。百合《ゆり》がぐーんと伸びてきた。咲く前の背伸び。ふむふむ。よしよし。

てっぺんを見たら、まただ！　百合のつぼみを食べる虫が発生している！

いや～ん！

すぐさまガレージに飛び込んで、殺虫剤を取る。これは木に穴をあけるカミキリムシ用だけどたぶん効果はあるはず。すべての百合のてっぺんにシューシューとかける。ハアハア。これから虫も出てくる季節。十分に気をつけよう。

また家に入る。

いいことを言ってるけどすごくうさん臭く見える人々がいる。よく動画で見かける。

その場合、私はどうするか。とりあえず飽きるまでその人の言うことを聞く。確かにいいことを言ってる。弁が立つ。カリスマ性もある。頭もよさそう。でも、どうにも嫌い。その話し方がいやらしく、顔の表情が汚い。う～む。

で、だんだんにわかってくるのは、やはりどんなにいいことを言っていても、嫌な感じ、うさん臭い感じの人には必ず最終的に嫌なところがある。たいがいお金儲《かねもう》けだ。

新手の詐欺師である可能性が高い。

癒《いや》しとか、世界平和とか、有料サロンとか、自己啓発・能力開発とか、スピリチュアル系、投資系、さまざま。とにかく嫌なしゃべり方、嫌な感じというのは拭《ぬぐ》っても拭い去れない、隠しても隠し切れない悪を露呈するものだ。

それに対して、なんだかいい感じがする人っている。なにがってわからないけど自分にはホッとする人。そういう人が今の自分にはいいのだろうなあ。必要な人なのだろう、今。ドキドキ興奮させられる人よりもホッと安心させてくれる人。

…などと思いつつ、今日もこれから庭仕事。花殻摘みと、実生の常緑樹の小さいのをフェンス脇に移植。

昼。焼きそば。

私はときどき、フライパンのまま食べるのが好き。今日もそうした。

午後、庭を歩いていたら、午前中は白いつぼみだったオオヤマレンゲの花が開いて咲いていた。わあ。この花が見たくて買った木の苗だった。うれしい。中のおしべがピンク色でとてもきれい。

それからドクダミの葉と根を、ギザギザのついた鎌を土に刺してちょこちょこ抜いていたら、半分になったミミズが引っ張り出されてきてビックリ。ギャア、と思い、もう続ける気を失くし、やめる。

セッセが今日も屋根の上に登って作業している。カンカン照りなのでとても暑いだろう。

夜は親子どんぶり。

5月7日（木）

朝ご飯を作ろうと冷蔵庫を開けたら、流し台の上に何かが。うん？　これは何かな。

ショック！

昨日、お風呂《ふろ》で食べようと思って冷凍庫から出した桃のシロップ漬けアイスキャンデーだった。すっかり溶けてる…。冷凍庫にそっと戻す。

庭をめぐりながら庭の作業少し。もう毎日、こればかりでさすがに飽きてきた。

退屈…。

そういうところに、注文していた海水うにが届く。

あら。

さっそくお昼ご飯に開ける。ご飯と海苔《のり》で軍艦巻きにしよう。サクは今、宮崎市の友だちのところにいるので私一人。なのでひとりで全部食べてしまった。味は…おいしいといえばおいしいけど、特にまた注文したいというほどではないか。

動画で、私は木の枝を紐《ひも》でひっぱって誘引し、長い期間かけて形を変えるのが好き、と言う話をした。それで思ったけど、結婚と離婚も人から見たら私は2回ずつしたように見えるだろうが、私にとってはまだまだそれらも誘引の途中って気がしてる。出来事の意味や価値はここで始まりここで終わりということはなく、その前後にも見えないけれどつながってると思う。まだ結婚も離婚も判断を考慮中。

いや、まだ結婚すらしてないんだ！　あれは私の思う結婚じゃなかった。人からどう見えようと私はまだ私の結婚をしていない。

夕方。退屈のあまり、去年作ったローズマリー酒を味見してみた。

うう。これは、まずい！

まずすぎる！

漬けすぎたのかも。氷と水で割って少し飲んでみたけど頭が痛くなりそう。どうしてもダメだ。どうやっても無理。ローズマリー、レモンバーベナ入り、の2瓶、即捨てる。

5月8日（金）

今日はさわやかさ満点。風が強いけど五月晴れとはこのこと。

庭の作業も気持ちいい。

植えた場所を失敗した～、と思ったのを移植する。夏雪カズラ（陰になっていて大きくならない）、ゴンフォスティグマというシルバーリーフ（2メートルぐらいになる木なのでここではマズイ）。それからドクダミの葉を抜く。ドクダミ抜きは限りなく続く。それとスギナ。シダもか…。

ゆっくりとしたペースで作業。昼ご飯を作るのが面倒でサラダだけにした。

夕方、買い物へ。

車を出そうとガレージを開けると、セッセが家づくりをしているのが見えたので挨《あい》拶《さつ》。セッセの家づくりの音は一日中聞こえる。トントン、ビーン。今は屋根を作っているので金属を切る音がよくする。

『今日の残念！』

ああ。

昨日、白くて小さなナデシコ科の花がきれいに咲いて、やがてしぼんで汚くなったので、切り戻してまた新しい花を咲かそうと思い、根元から切り戻しました。そして、さっきお花のカタログをぼんやり見てたら、その花は「こぼれダネでよく増え群生する」と書いてありました。ああ。かつて、この1文を読んで買ったんだった。だからしぼんだ花を切ったらいけなかったんだ。悲しい…。

ガクリ。

かなり意気消沈。

もう枯れた花の茎を簡単に切り戻さないようにしよう。

花殻を取った方がいい花と、そのまま置いといたらこぼれ種で増えるから増やしたいならそのまま置いといた方がいい花の区別がまだよくわからないので、初心者の私には勉強の日々。

5月9日（土）

くるみちゃんが「今、職場にひとり」と言うので、これからやりたい「ものづくり」のことなどを話す（ちなみに入院中の旦那《だんな》さんのよし坊くんとは、去年の末にインフルエンザが流行《はや》った頃から感染防止のためお見舞い禁止になったので顔を見てないそう）。帰りにパンや野菜を買い物。

『こういう旅はもう二度としないだろう』の文庫化のため原稿チェック。懐かしい！　そして今の状況を改めてしみじみ思う。海外旅行なんてもう行くことは当分なさそう。あとがきを書いて、カバーのデザインも考える。旅の本の続きをまた出したいと思っているけどどうなるだろう…。旅ものって需要があるかな。

あの頃、毎月、海外旅行に行こう！　一緒に行く人がいないから、もうツアーでいい！　月に1回、1年行こう！　思う存分行こう！　アイスランドにも、砂漠にも、南米にも南極にも行きたい！　と。

その頃はまだ貯金がたくさんあった（と勘違いしていた。実はどんどん減っていたのだがそういうことがわかったのは後日）。そう思って計画を立てたけど、半年続けて、もうギブアップ。さすがにそれほど楽しくないってことがわかった。こんなふうに無理に行くのはもったいない。本当に行きたいところに、行きたい人と行ける時に行こう、と思ったのだ。

ああ。いろいろ思い出した。記憶がうずまき、沸きあがる。旅の第2弾も、すごくいいんだよなあ。いつかぜひ出したいなあ。

5月10日（日）

しげちゃん&セッセが恒例の日曜来訪。雨だけど外の方が気持ちいいので軒下の椅子に座って近況を話す。

「こういう緊急事態になるとワクワクする」と私。

しげちゃんもそういう人だった。地震が起こった時や駅のホームにバッグを置き忘れた時のイキイキ感ったらなかった。

最近温泉も閉まっているようで入れないのが残念というセッセ。

午後、ヘナで髪を染めているので外に出られない。頭にふわふわキャップをかぶったまま、仕事したり庭の花の動画を撮る。

「失敗」というのは、自分の持つ欠点や未熟さが目に見える形となって表れたものだ。過去の、何度も同じ間違い（失敗）を繰り返す、とか、失敗するパターンがある、懲りない、について。それらはもしかすると同じひとつの間違いで、まだひとつが終わってないということかもしれない。間違いをひきおこすおおもとがはっきりしたら、自分とそのおおもととの関係がわかったら、もうその間違いは終わり、繰り返さなくなるのではないか。「間違い」とか「失敗」という呼び方そのものも不正確なのかもしれない。


軽く気が重い。

昔はこんな時、すべてを忘れられるものがあった。好きなスターやマンガ、映画、音楽。大好きなものはパーッと嫌な気分を晴らしてくれる。雲散霧消。若い時代は気分のアップダウンも大きいがそれらをすべて一瞬で。

大人になって、感情の抑制が利くようになり、普段の生活をわりと穏やかに送れるようになった。心の安定。それは夢だった、はず。

でも代わりに、パッと気が晴れるものがなくなった。結局同じなんだなあ。やっぱそうか。そういうものなのかもなあ…。

5月11日（月）

週の初めでなんとなく活気を感じる。天気も曇りからだんだん明るく。国内外のコロナ自粛も少しずつ緩和されていく方向へ向かってるようだ。でも私はなんだか退屈で死にそう…。

朝一、鳥の声を聴きながら「ほとり」語り。今日は「私には友だちはいないけど、友だちはいるなあと思う」という一見矛盾する言葉や、「やりたいことがあって人に相談する場合、素敵だと思えない人にはいくら知識や人脈があってもダメ」ということなどを話した。

世間では素晴らしいと言われている人でも、自分と感覚が合わない人のあとをついていくことほど虚《むな》しい（遠回りな）ことはない。

ああ、恥ずかしかった。

午前中、市役所に行って担当の若い男の子に「これこれこういうことをしたいんですけど…」とこれからやりたいことを話してきたんだけど、帰りがけ、自分が言ってることの曖昧《あいまい》さや矛盾に気づき、ハッと冷静になる。

私がやりたいことは何か、ということにはっきり気づいた。人に話してて自分がわかってなかったってことがよくわかった。考えがぼんやりしていた。で、家に帰ってからまたすぐに電話をかけて、そう伝える。相手も助かったかも。
でもガス抜きができてよかった。ひとりで想像が膨らみすぎていたのだ。ああ、だんだん恥ずかしさが募ってくる。

帰りにホームセンターで真っ黒いタールのもぐら忌避剤と草花の殺虫剤を買ったので午後はそれを撒《ま》こう。今日はとても暑い。

ひゃ〜。ホント暑くて焦げそう。

タールの忌避剤、すごいタール臭。もぐらの穴を掘りあて、そこにツーッとたらす。これは効くかも。今までいろいろ買ったけど、これが一番効果ありそう。

ガソリン屋さんに灯油の配達を頼んだら来てくれた。

ポリ容器に入れて3往復ぐらいしてくれた。おじさんとポツポツしゃべる。そのおじさんは温泉が好きだそうで、どこによく行きますか？　と温泉談義。私が行ったところもあった。まむし湯と呼ばれてる温泉は虫刺されによく効くそう。まむしに噛《か》まれた人がそこの温泉に浸けて治したという。

穏やかに話し、こういう、よく知らない人とのなんか礼儀正しくホッとする会話に私はいちばん、「人っていいなあ」と思う。これ以上近づいたら人の持つアクの強いクセのようなものがどうしても見えてしまう、というその線を踏み越えないこっち。

夕方、宮崎市に行ってたサクが帰ってきた。10日ぶりか。ハチミツまんじゅうをお土産に買ってきてくれたのでついでにそれを持ってしげちゃんに挨拶《あいさつ》に行く。

5月12日（火）

朝、ベッドの中でキジバトのホーホーウッホッホーを聞きながらいろいろ考える。

私のいつもの妄想。その流れを追ってみた。


「アイデアの誕生」

まず、ある日あるアイデアが生まれる。やりたいこと。考えるとワクワクすること。

↓

「妄想ふくらみ期」

それをひとりでずーっと考える。どんどん考えが膨らみ、勝手にいい想像を伸ばしていき、頭がパンパンになる。

←

「現実とガス抜き」

ついに行動。いきなり飛び出し、人に構想をぶつける。そこで、現実に気づき、妄想が膨らみすぎたことを自覚。スーッと冷静になる。ガス抜き。

←

「いきなりの落ち着き」

ガス抜きされたので、我に返り、いったいなにを考えていたんだろう、何をしてしまったんだろう、と恥ずかしく思う。そして、ああ、本当にやらなくてよかったと安心する。そして、やっぱ仕事しよう。詩を作ろう、と創作意欲が生まれる。

と、まあいつもこういうふうな流れ。

私の妄想の爆発と衝動的行動はしょうがないのだと思う。私の母が全く同じだったから遺伝かもしれない。

なので今日は曇りってこともあるし、静かにすごそう。そして、こんなに妄想がふくらんだのもずっとジッとしているストレスが溜《た》まったからだ。退屈で死にそう…なんて思ってたから。予定より早めに東京へ帰ろうかな。

私の今後の課題もわかった。静かにすることではなく、時々動いてガス抜きすること。私にはガス抜きが重要。しかも移動を伴うやつ。そうすると体が自然に疲れて、もうしばらくは静かにしていようと必ず思うから。自分の欠点をどうコントロールするか、それが人生の課題だわ。


とはいえ今日は、いろいろある。

まず屋根の上にある太陽の熱で水を温める機械の調子が悪かったので、いつもの立山さんに見に来てもらった。ついでに自動水栓、雨どい、フェンスのぐらつき、塀のすき間を修理してもらう。念のために床下まで確認してくれた。

結構時間がかかり、とても助かる。この家の現場監督で、すべてを把握しているのはこの人しかいない。若くてよかった。「出会えてよかったです。長生きしてくださいね」と伝える。私は人を受け付ける幅が狭いから。

途中、くるみちゃんが来たので庭の花を見せる。出始めたハスの葉を見て、私も池にハスを植えようかな…とつぶやいてる。花の終わったエビネランを見て、くるみちゃんちにたくさんあるエビネランの群れが笹に覆われて消えてしまいそうなので消える前に苗、いらない？　と言うので、「いるいる。明日《あした》掘りに行く」。

くるみちゃんは私の庭を見ると刺激を受けて自分の家の庭の手入れをする気が湧い

てくるそうで、「やる気が出た」と言って帰って行った。

2時半ごろ、サクとどこか行く？

と、ドライブ。野尻町《のじりちょう》でバラが咲いてる頃だなあと思い、野尻に行くことにした。

野尻町の街灯は名物のメロンの形。

バラが咲いてる、咲いてる。道の脇にところどころきれいに咲かせてる家があった。

「のじりこぴあ」という遊園地へ。コロナ後、ちょうど今日から開園だって。ラッキー。入り口のところにカエルの置き物がたくさん。カエル軍団に気分があがる。

ここは確か、ドーム型のお土産売り場には来たことあるけど、中に入ったことはなかった。どんなところだろう。広い公園のようなところで、幼児の遊び場みたい。投げ輪や竹馬など無料の遊具がたくさんあって、すごく平和的。サクはボールを投げて数字にあてるのをやってる。すごく楽しそう。人は少なく、子ども連れの家族が3～4組ぐらい。ゴーカートみたいなのもあるけどそれは動いてない。

意外にもすごくいい公園だった。のどかでほのぼのした公園。天気がよく、さわやかで、静かで、天国みたいで、楽園みたいで、いい気持ちになる。

それから車で走りながらバラの試験場入口の満開のバラを見て、道の駅「ゆ～ぱるのじり」へ。メロンシャーベットと天然酵母の米パン、梨入り焼肉のたれなどを買う。奥の方に薬草ハーブ園があったので行ってみる。シャーベットを食べながらゆっくり歩く。人はいなかった。薬草園は大好きなので、静かに興奮した。

で、帰りに市場でウニ、サーモン、ブリのお刺身、牛肉を買う。夜は焼肉にしよう。西に向かって走るので、まぶしい西日をまっ正面に顔に受けながら進んだ。

牛肉はけっこう硬かった…。

5月13日（水）

朝、庭を歩きながら「ほとり」語り。

質問が来たので「やらなきゃいけないのに動けない人にやる気を出させる言葉とは？」「（宗教で言う）空虚とは？」について思うことを。

やる気を出させる言葉なんてない。無理なことをさせることの方が問題。

ちょうど小学校の登校時間なので子どもたちの声や校内放送の声、ベルの音にほっこりする。

宅配便が来た。「お花が届いています」と言う。

あら。なんだろう。母の日かな？

カーカがおいしそうなうどんを送ったと言ってたけどそれとは違うよう。宛名《あてな》を見ても…、よくわからない。差出人の名前がなくて私の住所と名前しかない。シークレット？　サプライズ？　と楽しく想像する。

で、わかった。先日自分で注文した花の苗だ。なーんだ。「お花が届いています」なんて言うからブーケかなにかかと思ってしまった。丸い緑の植物、8鉢。

くるみちゃんちにエビネランを掘りに行く。確かに、笹が勢力を伸ばしてきていて、その中にポツポツ。木の根が縦横無尽に張り巡らされていて掘りだすのが難しい。でも、その木の根のすき間に移植ごてを入れて手で掘り出すと掘り出しやすいことがわかった。20個ぐらいもらった。あとオキナグサが咲き終えて種がたくさんついていたのでそれももらう。隣の家の庭にオキナグサがたくさん生えていてその種が飛んできていくつも根付いたのだそう。

箱に入れたエビネランを満足げに眺める私。うん？　エビネランと思ったけどよく見ると違う葉のが2つある。

「これ、違うかも…」

紫蘭《しらん》だった。紫色のよく見る蘭だ。これはいらない、と一度は土に戻したけど、よく考えたらシダでぼうぼうの北西のところに植えとこうと思い、ふたたび抜く。

「あ〜あ。憂鬱《ゆううつ》。退屈。もう早く東京に帰りたい」

「義理の娘もそう言ってた」

「なんか気がめいるんだよね。くるみちゃん、暗くなることないの？」

「ないねえ」

「性格が違うんだね…。うらやましい。私はいつも心の中で上がったり下がったりしてる」

くるみちゃんは引き続き庭の草むしりを始めた。私は「ありがとう！」とお礼を言って車に乗り込む。


川を眺めながら帰る。気分は依然、重い。

家を作ってるセッセにも声をかける。ここ数日は屋根の鉄板を取りつけている。いつも見ていてヒヤヒヤする。落ちたらどうしよう…と想像すると怖くなるので、「絶対に気をつけてね」と念を押す。だってもし落ちたら私が救急車を呼んだりしなきゃいけないからね。


部屋で仕事してたら、スーツを着たサクが庭を歩いてる。さっきまでウェブ面接だったはず。

「どうだった？」

「面接じゃなくて1対1の質問会だった。でもそれが面接だったのかも…」

「そうだよ。呼び方はどうであれ、この人を自分の会社に入れたいかどうかを見ようとしてるんだから」

ボーッとしてるので、私も庭に出て草をむしりながら、「就活ってママはよくわかんないんだよね…。でもまあ。このままやっていってなるようにまかせるしかないね。どうなってもそれが運命。どうなってもそれがサクの人生だから。一本道だから。いいんだよ。来たボールを打つしかないよ。目の前に飛んできたボールを自然体で。バッティングセンターのようなもの。ママはいつも当たんないけどね…」と言ったけど、聞こえてなかったかも。明日もウェブ面接があるという。

午後はサクに壁の高圧洗浄やフェンス組み立てを手伝ってもらう。

5月14日（木）

サクは今日、一旦《いったん》宮崎市に行ってから東京に帰る。その前に人吉《ひとよし》市で買いたいものがあるとかで一緒に人吉まで行くことにした。ゲームか何かみたい。

出発まで部屋の片付けや掃除をしてもらう。掃除中、ムカデが出た！　ムカデは刺されると危ないので急いで殺虫剤をかける。

人吉まで送って、私は帰りに大型スーパーで買い物。ショップ内をぼんやり眺めてたら、前に買った屋久杉《やくすぎ》の木彫り屋さんがまだあった。常設だったのか。中に入って見ると、あの赤んぼひょうたんがあるじゃないか。しかも手作りなので前のとちょっと顔が違う。わあ〜。思わず写真を撮る。

天気がすごくいいので、暑い日差しの中、まぶしさに顔をしかめながら家に帰る。

数日前から瞼《まぶた》や耳がかゆくて腫《は》れている。もぐら忌避剤と草花の殺虫剤にかぶれたのかな？　と思ったけど、ハッと思い出した。前にも似たようなことがあった。それは美容院で髪を染めた時のこと。もしかするとヘナのせいかもしれない。むむ。かゆくてついついかいてしまう。

先日市役所に行ったことを思い出す。考えてみると、私が一番苦手な（合わない）ところは役所と学校だった。思い出すたびにひゃっとする。もう近づかない。

コロナ騒ぎで思い出した。

子どもの頃に読んだＳＦ小説。地球の空気が毒に侵されて外に出られなくなり、出る時は宇宙服のような防護服を着なければいけないという。ああいう服に完全にくるまれていたら安全だわね。防護服を着て歩く世界を想像して、ホントＳＦのようだと思う。

5月15日（金）

そういえば、今日の未明に月と火星が大接近、とニュースで見た。未明っていつだろう。5時に目が覚めたので、思い出して外に出たらもう空は薄青い。見上げると月が明るく光ってる。

半月。火星は？　火星が見えない。調べたら、大接近は夜中の3時だったそう。もうどこかに行っちゃったのか。残念。月の写真を撮る。なんだか妙に大きくはっきり撮れた。丸いクレーターまで写ってる。小さなコンパクトカメラでこんなの初めてかも。空気が澄んでたのかな？

今日は段ボールを出す日だったので車でゴミ捨て場まで運ぶ。けっこうたまってた。昔からあるお菓子屋のおじさんがボランティアで手伝ってくれていたので挨拶《あいさつ》して、この町の歴史についてポツポツ話す。昔はこうだったああだった、と話してくれた。知らないこともあった。

空き地のホタル草がきれいだったので写真を撮る。ついでに家作り中のセッセのところに行って少し話す。午後から雨らしいということ。そして明日《あした》はかなりの豪雨になるという予報だ。台風1号も発生したらしい。しげちゃんがそのことを知って、「（こっちに）こい！　こい！」と嬉《うれ》しそうに言ってたって。わはは。台風が好きだからね。

午前中は曇りだったので20鉢のオオイタビを植えた。その茎をテープで壁に固定する。テープを細く切って剝《は》がした紙を、ポケットがなかったので袖《そで》を折り返して奥に入れ込む。

それから庭を回りながらあちこちチェック。ルリマツリと青い花（オキシペタラム）を並んで植えてるんだけど、そろって萎《しお》れて枯れてる。その萎れ方がどうもおかしい。で、移植ゴテで土を掘ったら、大きなもぐらの穴が空いてた。これか。タールを垂らして、土を入れて、位置をずらして移植する。これで生き返ったらいいんだけどなあ（枯れた）。

雨が降り出したけど、時々家から庭を見ては、傘をさして外に出て手入れする。

家で着ていた服を脱いだら、何十枚ものシールの薄紙が、まくった服の腕からまわり中にパーッと飛んだ。

おお。


サクが帰ってしまったのでなんか心寂しい。慣れるまではしょうがないか。

5月16日（土）

夜中に雨の音で何度も目が覚める。すごい音。

それからヘナのアレルギーのかゆみで顔と耳を何度もかいてしまう。うう。あまり

2/3 カーカと作ったラーメン2種.

2/11 の夕食、ちょこっとずつ

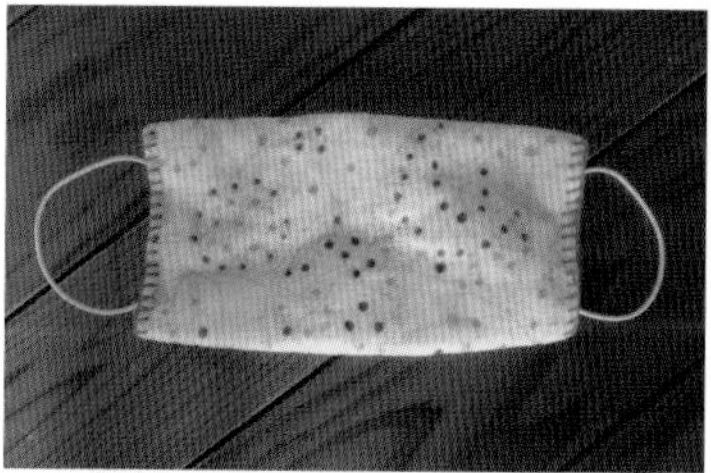

2/15 ハンカチで手作りマスク

2/17 の夕食、ふきのとうのみそ炒め

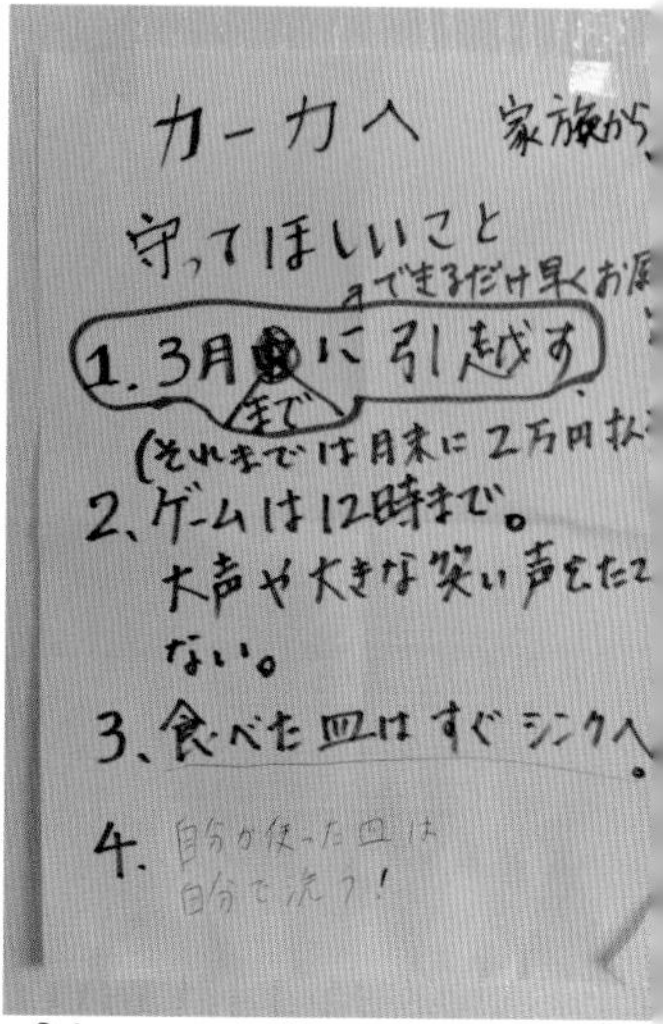

カーカへ　家族から、

守ってほしいこと

できるだけ早くお

1. 3月末でに引越す

(それまでは月末に2万円払

2、ゲームは12時まで。
大声や大きな笑い声をたて
ない。

3、食べた皿はすぐシンクへ。

4. 自分が使った皿は
自分で洗う!

2/1 カーカへのお願い. 4を後日サクが追加

2/12 の焼き芋、バター、はちみつ

2/16 黒、こげ!

2/29 ヤマメの塩焼き

2/28 大人気のふくろう

3/14 サクランボの木にメジロが

3/1 カーカ、ゲーム中

3/15 こちらは ミツマタの花

3/15 鳥が水飲みに(ヒヨドリだ)

3/21 しげちゃん & セッセ

3/21 電信柱 5分割

3/21　夕方の光の中で記念写真

3/25　つい買った食器。使ってないわ、まだ

3/24　謎のゴム輪

3/31　テトテト歩くかわいい犬

3/27　マフィンチーズサンド

4/8 スーパームーンの満月 くっきり

4/8 今の世界を表わすような2色分割

4/11 ランチ

4/9 ハサミで切って、ボンドで はって…

4/13 おっぱいマジックボール

4/11 シャクナゲ満開

4/18 さつまいものおやつ

4/17 チーズトーストとミルクティー

4/22 クルリン大橋、天空の渡り廊下!!

4/19 ドクダミ、抜いた…

4/26 草むしり中

4/24 赤い花のイチゴの苗

4/27 岡江久美子さん

4/27 黒猫とペチュニア

4/30 丸いガラス 洗う

4/28 鶴が羽を広げてる

5/1 矢岳高原から見る霧島連山

4/30 クリスマスローズ せん定

5/3 糸で切った半熟煮玉子

5/2 サクの就活写真！ 昔か！

5/5 バラの花、3つ

5/5 おせんべいのぷく〜ん

5/7 ローズマリー酒、口に合わず

5/6 フライパン焼きそば

5/12 ボール投げ、楽しく

5/12 のじりこぴあのカエル軍団

5/21 小さいマンゴー、おいしい!

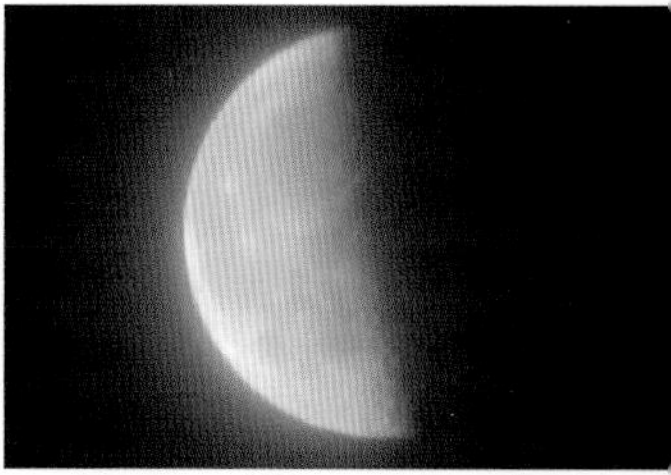

5/15 半月、クレーターまで

5/27 銀次郎

5/25 クリームパン!?

5/31 川原の しげ&セッセ

5/31 カゴドッキリ

6/5 トンビ、かっこいい

6/5 ひょうたん赤ちゃんに
友だちができました

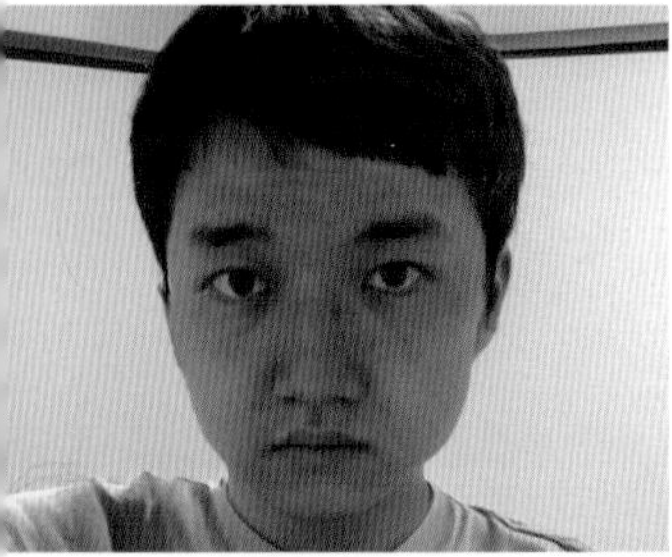

19 次のが笑えた！ 私の弟にそっくり（子どもの頃の）

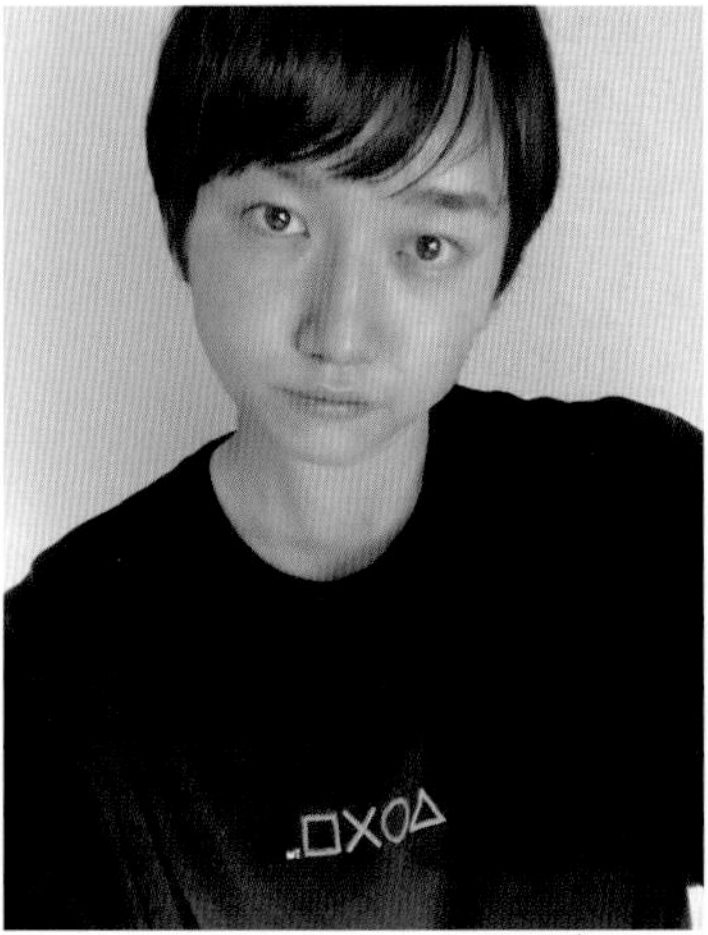

6/19 カーカが「はやりの性転換アプリ
やってみた」と、男の子になった
カーカの画像がきた

6/22 観葉植物から落ちた球

/29 東福寺のコケと同じ色のハンカチ

6/27 清水寺のカメの足

にもかゆい。耳が熱を持ってる。熱い。一向に治る気配がないではないか。もう今日、病院に行こうか。

朝起きて、庭を回って見る。雨の量が多くて排水口から水が流れきれずに水たまりのようになってる。すごい。

「そうだ！ この豪雨で洗車しよう」と、レンタカーをガレージの前に出す。土埃《つちぼこり》でよごれていたのです。

やはり病院に行こうと思う。9時を待つ。近所の昔ながらの小さい病院。たしか前にアブに刺された時に行った記憶がある。

9時過ぎたので出発。受付で髪染めのヘナカラーでかぶれたと話したら、「皮膚科へ」と教えられた。そこは内科だった。皮膚科は…と考えたら、15分ほど先にある。たしか前に行ったことがある。あの時も、何かにかぶれたんだった。忘れたけど。

で、ブーッと走る。

迷いながら道をあちこち曲がって、やっと着いた。待合室にお客さんはいなかった。受付で説明したら、皮膚科は月曜日〜水曜日しかやってないそう。看護師さんにいろいろ話したら、今は内科の先生しかいないけど、その先生に診てもらってお薬だけでももらいますか？　と言ってくれたので「そうします！」と強く答える。注射を打って、このアレルギー反応を鎮めてほしい。

先生は優しそうな丸顔のおじさんだった。塗り薬と飲み薬を出してくれた。「注射を打ちますか？」と聞かれたので、「はい！」と答える。早く炎症を鎮めたい。

「もう髪染めはしない方がいいんでしょうか」

「その方がいいですよ。アレルギーは急に来ますからね」

「そうしたら…、どうしよう。もう白髪のまま？　人生の変化ですよ」

「還暦ですからね。もういいんじゃないですか」

還暦…。シングルマザーと同じで私の辞書にはない言葉だわ。

「そうですね～。そうなったらいろいろと考えなければ…」

「そんなにかゆくなるよりいいでしょう？」

「はい。もう白髪を染めるのはやめなさいっていう神様からのメッセージかもしれませんね」

注射を打ってくれた看護師さんが、「カラー剤の中の何かが反応してるんでしょうね」と言う。

しみじみと考えた。

もういいか。

あの、だれだっけ、あのグレイヘアのアナウンサーの人みたいに、私も染めるのから卒業しようか。そしたら案外、よりアーティスティックになって、よりのびのび自然に生きられるかも。いい変化になるかも。試しにちょっと染めないでおこうか。

薬局でクスリを受け取って、考えながら帰る。そうしようか。なんか新しい気持ちになりそうだわ。途中で、苺《いちご》と玄米、さやえんどう。お花を3鉢。

雨がポツポツ降る中、傘をさして花を植える。ジャスミン、ピンクのハクチョウゲ、何かの花。ジャスミンをフェンスに誘引する時、蚊がたくさん飛び回ってた。おお。刺されたくない〜。

今、午後5時ですが、かゆみがちょっと治まってきた。ああ、よかった。白髪を染めない頭の自分を見るのが楽しみ。もし抵抗を感じたらその時に考えよう。

5月17日（日）

曇り。

昨日降った雨で、草木がぐんと伸びてる。ルリマツリは変化なし。茶色い。青い花は少し茎がしゃきっとなった気がする。

菊コーナーにあった小さい石を大きな丸い石に替えようとして小さい石を持ち上げたら、ムカデがいた。

あら。

大あわてで逃げていく。外で見たら怖くない。逃げなさいとしばらく待つ。

湿度が高くどんよりとした日曜日。

家の中と外を心のままに何度も行ったり来たりしてたまに草むしり。バラの誘引もした。移植したい植物があるけど明日にしよう。明日はまた雨か。あさってにしよう。

夜。テレビの料理番組を見ながらニンジンの極細切り。1袋買ったつもりが間違って3本入りを2袋つかんでいたので6本ある。そのうち3本を切る。ボウルいっぱいになった。これをちょっとずつ使おう。まずはサラダ。

寝る時に何かルーティンを作ろうかなと考える。より良い眠りのために。お風呂《ふろ》、ハーブティ、瞑想《めいそう》、ストレッチとか。

5月18日（月）

今日も豪雨。帯状の降雨帯ができている。

気持ちは昨日からおだやか。

いつものお店に植物を注文しようとしたら、「注文が混みすぎてしばらくお休みします」だって。自粛でガーデニングが大流行《おおはや》りか。

最近食生活が乱れていたので反動で急に発酵食品を食べたくなった。なんなら全品そうしたいぐらい。とりあえず今日は玄米、カボチャの味噌汁《みそしる》、納豆、ニンジンと鶏《とり》肉《にく》のソテー、梅干し。明日《あした》、キムチとヨーグルトを買いに行こう。他にどんなものがあるか調べた。塩麹《しおこうじ》、甘酒か。

5月19日（火）

さわやかな朝！

風も吹いて、なんと気持ちのいい日だろう。

買い物に行って発酵食品を買ってきた。きゅうりのぬか漬けは見当たらず残念。

今日食べたものは、玄米、豆腐の味噌汁、もずく酢、納豆、キムチ、鶏もも肉の塩麹焼き、ホタルイカの沖漬け、焼きパプリカ、ニンジンソテー、はちみつ入りヨーグルト、麹甘酒。腸によさそうでうれしい。明日も発酵食品定食だ。

庭仕事は、気になっていた木や花の移植、剪定《せんてい》など。雨が降って葉がいきなりグーンと伸びてきた。

テレビで、女性が接待する夜のお店やホストクラブが再開するにあたってどういう対策をとるかを詳しくインタビューしていておもしろかった。マスクをしてプラスチックのシールドをつけて手袋。「髪が乱れるのは諦《あきら》めます」と言う。シャンペンタワーは遠くからの拍手。グラスは紙コップ。およそロマンチックとはいいがたい。こうまでして行きたいのだろうかと思うけど、たぶん当事者にとってはそうなのだろう。

今日思ったこと。

自分の価値観（生き方・判断基準）を決めることが大事。決まれば他人に翻弄《ほんろう》されなくなりとても楽になる。それが決まれば、その価値観で生きやすくなる環境を整えることが次の課題だ。それに時間がかかるのだ。生きていると、ある時、価値観が急に変化することがある。すると、まわりの人や今いる環境を居心地悪く感じるようになるだろう。だからと言っていきなり豹変《ひょうへん》するわけにもいかず、まわりの人にも今までと同じように接しなければならない。そこにジレンマやストレスを感じるわけだが、それはしょうがないこと。慌てずに、そこから徐々に環境を変化させる行動をとっていくのが次にやるべきことだ。それには時間がかかる。いや時間をかけなければならない。そのあいだに気持ちが薄れてしまうならあの決心は形だけのものだったということになるので、本気度を確認するためにも時間はかかっていいと思う。価値観が変わると人間関係も環境も変わることになる。

5月20日（水）

今日もコツコツ庭仕事。でも１回は気分転換に外に出たい。で、発酵食品を調達に出る。きゅうりの糠漬《ぬかづ》けを買おうとお店を２軒回ったけどなかった。残念。でも、糠漬けは実は好きじゃないのでまあいいか。かえっていいか。かわりにスナックパイン、もずく、ゆずこんにゃく、柑橘《かんきつ》系の果物を買う。あと、前にも買って好きだった水色の花（オキシペタラム）がまたあったので買ってしまった。５鉢も。だって一鉢１８０円だったのです。これって宿根草だから根付けば毎年楽しめると思うとお買い得。

帰りにくるみちゃんの職場に寄ってみる。もうひとりの上司のおじさんも一緒にコロナによるこのあたりの観光事業の大変さについて輪になってたらたらと立ち話。やはりお互いの間隔が前より空いてたわ。

5月21日（木）

午前中、昨日の花の植えつけ。もぐらが枯らした花壇の一部を波板で丸く囲ってみた。試しにここに植えて、大丈夫かどうか実験しよう。

お昼前に出発。目的地は炭酸温泉。現在、午後だけ時短で営業中。12時過ぎに着くと、お客さんは10名ほど。温泉好きの人たち。よくしゃべる人、黙ってじっと浸かる人。よくしゃべるおもしろい方とちょっと話す。給付金の10万円の使い道について。

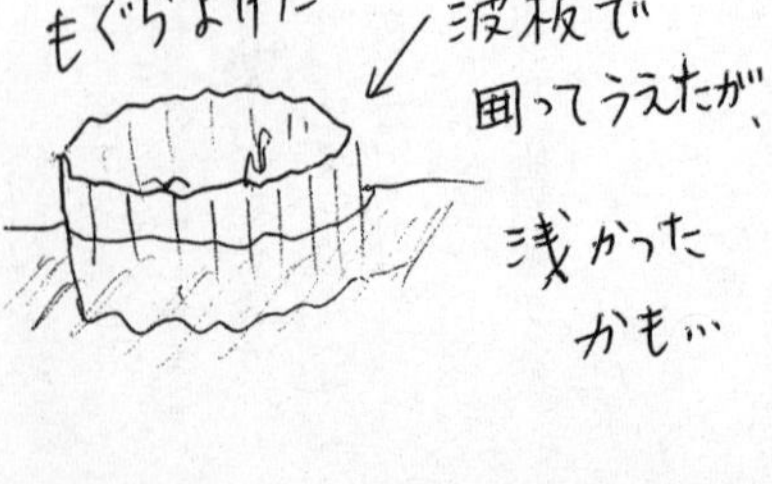

茶色い源泉と冷たい炭酸泉、ぬるい露天風呂《ろてんぶろ》をくるくる回る。気持ちがよかった。ひさびさだったなあ温泉。だんだんぼんやりとなってきて、しみじみその快感に浸る。たまに来るといいなあ。また来よう。いつもの緑色の炭酸おにぎり2個（３００円）を買う。

すずみさんの庭を見せてもらいに寄る。大好きだというオルレアがあちこちにいっぱい咲いていた。ギボウシもたくさん。おやつにミニマンゴーをいただく。5センチほどの小さいマンゴーをリンゴのように皮を剝《む》いて丸いまま手で食べる。種が10円玉みたいに薄くて食べるところたっぷりでおいしかった。

八重咲きのドクダミと何かの花を帰りに分けてもらう。来週は、うちの庭を見に来る約束をした。

途中で寄ったお店にきゅうりと人参と大根の糠漬けがあったので買う。家に帰って炭酸おにぎりと糠漬けを食べる。糠漬けはやっぱりあまり好きじゃなかった。

『こういう旅はもう二度としないだろう』の文庫版のカバーについて。文庫用のデザイン案を考えて、試しにデザイナーさんに作ってもらったが、ふともう1種類の案が浮かんだので紙に描いた。とても下手な絵だけどいい感じ。哲学的だ。

それも編集者に送ったら、そっちの方がいいということになった。とても下手で哲学的なその絵を本のカバーにできるなんて、とてもうれしい。

5月22日（金）

曇っていて空気がピクリとも動かない。

私の朝の日課は、起きてすぐに庭に飛び出してひとめぐり。草木の観察。あちこちキョロキョロ興味深く。

それから家に入り、熱い日本茶を飲んで、ブランコに乗って庭を見ながら「ほとり」の録音。そこで昨日のこと、今思うこと、読者からの質問などをゆっくり話す。話しながら私自身も改めて「そうだなあ…」と心で思うことが多い。

さっき話していて口から飛び出したのは、昨日の温泉のこと。

「温泉にじっくり入っていたらだんだんぼんやりとなって来ました。皮膚から成分が浸み込んできたんでしょうか。温泉って、地中の成分が溶け出した地下水がマグマで熱せられて湧きだしたものだよね。ということは、あの温泉の中には地球のダシがいっぱい入ってるんだね。ダシだよ。ダシ。地球の。そこに浸かってるんだから。高野豆腐もダシを吸っておいしくなるし。地球のダシを吸い込んで、だからあんなに気持ちよくなるのかも。ふわっと気だるくなって、嫌なことを忘れるよね。温泉、やっぱりいいわ。地球ダシ」みたいなことを話した。

アフターコロナの世界について。

今回、100年に1回か、それ以上のめずらしい出来事が起こった。これはおもしろいことになった、と思う。個々には悲劇的な側面もあるだろうけど、全体的に見ると。

その人の持っていた価値観によって受ける衝撃は変わると思う。変化に弱い人、環境への依存度の高かった人はダメージが大きいかもしれないけど、もともとすべてが移り変わると思うタイプの人には受け入れやすいだろう。臨機応変に対応すればいいから。

これから新しくできることと、もうできなくなることがあるだろう。思いがけないことを知ることになるだろう。とても楽しみ。

「不安や恐怖はないか」と聞かれ、「私だってないわけじゃない…」と答えようとして、ハッと気づいた。

「ない」

私には今、不安も恐怖もない。でも私が不安や恐怖を感じない人間というわけではない。たしか先月も先々月も感じた記憶はある。でも私が不安や恐怖を感じるのはそれを引き起こす出来事に遭遇した瞬間だけだ。例えば指をぶつけて「痛い！」と思う時。痛みが続く間は痛いけど、痛みが引くともう痛くない。そういう感じ。不安を呼び起こす出来事が起こった瞬間は猛烈に不安になるが、その瞬間は長くは続かない。その瞬間はすぐに過ぎて、次の瞬間がやってくるから。今は今の瞬間に対応しなければ。なのでさっきの瞬間のことを思い出す暇はない。また襲ってきたらその時にまた改めて思うだろうが今この瞬間にそれはない。

さて、庭に虫の季節到来！

桂の木にはたくさんのカメムシ。紫陽花《あじさい》には白い綿虫みたいなの。テントウ虫、カマキリ、蜘蛛《くも》の子たち。毛虫や刺す虫も出てくるので気をつけなければ。

夕方。昨日の温泉がよかったので今日も温泉に行きたくなった。わりと近くの森の温泉へ行く。ここは小さくて人も少ない。お湯は熱め。残念なのは窓ガラスがすりガラスになっていて外が見えないこと。なので息苦しい。それがちょっとなあ。リピートする気になれない。

少し開いている窓から外をのぞくと前の建物の壁が見えた。その間の数メートルは空き地になっていて土が見えている。建物の壁沿いに棚を作ってツタを絡ませて緑のカーテンにしたらすごくいいのに…といろいろ想像してしまった。

帰りに通る橋の上から川原を眺める。ここでは去年長いこと、半年ぐらい川辺に溜《た》まった土砂をすくう作業をやっていた。大きなトラックがひっきりなしに通ってうるさかったなあ。もう作業も終わって、川原は殺風景な茶色の広がりになっている。もしかして、川に降りられるかな。川の石が拾えるかなと思い、ちょっと車で川原に下りた。

車から降りて、地面を見ると、先の方の茶色い土が先日の雨に流されて崖《がけ》のようになっている。そのまわりの土も雨で洗われて小石がいくつも顔を出していた。

うん？

茶色くて丸いパンがある。

と、私には見えた。掘り起こすと、きつね色のパンそっくりの石だった。みわたすとあっちにもこっちにも茶色いパンが見える。角のないなめらかな石で、茶色い色は鉄分で染まったような色。

４つ掘り出して持って帰った。庭の花のまわりに置くのにちょうどいい。石がほしかったのでとてもうれしい。これから毎日、１日１個、川原にパンを拾いに行こう。散歩にもなる。

夜、ヨーグルト麹《こうじ》漬け鶏肉《とりにく》をオーブンで焼いたら、長く焼きすぎて超固くなってしまい失敗。皮なんかゴムみたいでとても噛《か》めない。どれくらいの時間、焼いたらいいかわからなかった。

5月23日（土）

私が先日の動画で「退屈で死にそう…」と話したら、それを見てくれたらしい梨とぶどう園をやってる高校の同級生Uちゃんが、「仕事の手が空いたから温泉に行こうか」と誘ってくれた。

で、まず私の好きな小さなカフェでランチを食べる。週3日しかやってない予約制。大きな木に囲まれていてまるで森の中にいるよう。メインは春野菜と鶏肉のアンチョビバター焼き。熱々で猫舌の私はだいぶ長いこと置かないと食べられない。パンもおいしかった。

それからいつものつるつるのコーヒー温泉へ。やっとコロナが収まってきて、みなさんのんびり浸かってる。なんだかうれしそうだった。

家の庭をゆっくり見て回り、Uちゃんがいいねと言った小さい花の苗や草花を掘って分けてあげる。温泉のせいかとても気だるく眠い。夕方、クーッと吸い込まれるように昼寝した。

起きてから、川原にパンを拾いに行く。1個じゃなくいくつも拾ったら重かった。袋を持つ指が千切れそう。明日《あした》からは車で来ようかな。

5月24日(日)

さわやか!

風も吹き、まさに5月のすばらしさ。

しげちゃんとセッセがピンポーンとやってきた。そうか、日曜日だ。

庭を一周して花を見せる。しげちゃんは花が好きなので、これきれいねなどと言いながら楽しそうに見ている。「山から木を採って来て植えよう。また庭を作ろう」と言ってた。

草刈り機が壊れたそうで、これから田植えが始まるからとても困ってるとセッセ。

それは大変。最悪の場合、手動の小さい機械で刈るしかないらしい。それはすごく大変。


しげちゃんはものすごいエネルギーの持ち主で、今でもまだ「運転免許を取りに行きたい」などと言ってる。病気になる前は市の無料パソコン教室に通い、何クールも通いすぎて最後には断られたとのこと。簿記の学校にも通っていた。70代後半ごろだ。

能力が伴わないのにやる気だけは失わない。気持ちだけはものすごくパワフル。

その同じ血が私と兄に流れている。ひとりでコツコツ家を建てているセッセ。通りがかった人に「ひとりで建てているんですか？」とよく聞かれ、皆、驚いたようないぶかしむような目で見ていくという。

溜まったエネルギーを発散する場がないとね、ということなども話す。

しげちゃんは、今、目の前で話すことは普通に話が通じるけど、しばらくすると忘れるので、いつ会っても「いつ帰ってきたの？」と私に聞く。日常のことは5時間ぐらいしたら忘れるらしい。

「それって幸せなことなんじゃない？　だったら悲しみや苦しみもないってことだよね。悩みもないよね」と私。

「夜中に夢を見て心配することはあるけどね」とセッセ。

「でもそれも長くは続かないんでしょ？」

「うん」

「人に記憶がなかったら苦しみもないね」

セッセにパンの石のことを話して、特別パンそっくりなのをいくつか見せる。

昼頃、曇ってきたなと思ったら、午後、また晴れてきた。すごくまぶしい。
そして夕方、涼しくなったので川原にパンを見つけに行く。今日は車で行った。あたりをあちこち歩いてわかった。ショベルカーで土砂を取った跡は平らに整備され、茶色い土が露出した広い平地になっている。そこに雨が降ったので土の中の石がたくさん顔を出している。石がみんな茶色いのは普通の石が長い間に鉄さびかなにかで染まったせいだった。たぶん割ったら中はそれぞれふつうの石の色だろう。アンパンやクリームパン、ミニフランスパン、メンチカツ、コロッケ、チキンナゲットなど、こんがり焼けたパンや大小の揚げ物がたくさんあった。見ているだけで笑みがこぼれる。

「本日のほとり語録」
充実した日々、幸福な日々とは、より多くの小さな楽しい習慣によって一日が構成されていること。最近加わった新しい習慣は、「1日1個、川原にパンを拾いに行く」。

5月25日（月）

耳やまぶたがまだかゆい。ヘナアレルギーは収まってないみたいだ。自作のどくだみエキスを塗ってみよう。

朝、「ほとり」メンバーのリクエストで石のクリームパンを写真に撮っていたらカメラがついに壊れた。10日ぐらい前からズームの調子が悪かったのを指で押してだましだまし使っていたけどついに！

もう寿命かもなあ。私は使い方が荒いのでいつも何年かしたら壊れてしまう。前に修理に出したことがあったけど修理代が高いし、結局それは使っていない。今日、新しいのを買いに行こう。小さなコンパクトカメラなのでそれほど高くなかったはず。

ついでに、なすときゅうりとピーマンとトマトの苗を買って植えてみよう。おとといUちゃんに「植えてみたら？」と言われて、ふとその気になった。昔、一度畑に植えてきゅうりやピーマンが一度にたくさん生《な》って食べきれなかった記憶があり、敬遠していたけど今は時間があるからね。

まず、うちの山に土を取りに行く。すると予想した通り、草がぼうぼうに茂っていて中に入れない。なので山の道路ぞいに捨てられていた謎の土を少し袋に入れる。ちょっとこわごわ。よく考えるとあまりいい土じゃなかったかもなあ。

それからヤマダ電機に行く。カメラを見せて新しいバージョンのを買おうとしたら置いてなかった。調べてもらったら私のは8年前のもので修理もできないそう。新しいのは5万数千円とのこと。あら。思ったよりも高い。3万円前後のイメージだったが。私の記憶は昔の記憶だったのかも。で、ひとまず引き返す。

次に野菜の苗を買う。きゅうり、プチトマト、なす、ピーマン、おくら、レタス。支柱も買った。

そこで思ったけど、もうすぐ東京に帰るのに今植えたら日々の手入れができない。しまった。まあ、いいか。

カメラをエタノールできれいに拭《ふ》いて掃除した。だましだまし使ったらまだ少しは使えそうなので、できるだけ頑張ろう。時々指でレンズのカバーを触ると動くから。

夕方、今日も川原に車で行く。そしてまたじっくりと観察した。

今は表面に石がたくさん見えるけど、梅雨や台風が来て川の水が増えたら、ここはもう土砂に埋まるかもしれない。草もそのうち生えてくるだろう。あっというまに。そしたらこのパンの石はもう見えなくなる。今のうちだ。

チキンナゲットに似た石もあるので、「パンとナゲット、パンとナゲット」と頭の中で呟《つぶや》きながら石を探した。

「本日のほとり語録」

私は愛する何かを失った時、大事な何かが壊れた時、すごい悲しみと共にほんの小さな点のような解放感を覚える。それはもうそれに縛られることはないという解放感だ。愛するものには縛られてしまうからね。そして大きな悲しみの暗闇の中でその小さな光の点に向かって入っていくと、そこからくるっと内側と外側をひっくり返すように一気にまったく新しい自分に変わることがある。終わりは始まりというが、そこから新しいまっさらな自分が生まれ、新しい一歩が始まる。

5月26日（火）

曇りときどき雨。

少し肌寒い。

庭にいたら、セッセが家を作ってる音がトントンと聞こえる。ちょっと落ち込むことがあったのでグチを聞いてもらいに行く。梯子《はしご》の上にいたので作業したままで聞いてと言って熱心に話していたら、途中から降りてきてじっくりと聞いてくれた。セッセは草刈り機が壊れてしまい、昨日小さな草刈り機で刈ってたらそれも壊れてしまったので最後の方は手で刈ったという。困った、と言ってる。

「しげちゃんは毎日が新しいから、『あら、道がふさがったの？』ってずっと前に封鎖された道を見て今日も新しく驚いてたよ」とセッセ。

「今しかないからね。悩みがなくていいよ」

「ホントに」

道路側のフェンスの外に赤いバラが植えてあって、毎年そこから長いシュートが出てくる。今までは木の塀が傷むからとすぐに切ってたけど、昨年アルミのフェンスに変えたので早く緑がからんでほしくて、そのまま長くのばして上の方に誘引した。枝の先にバラが咲くのが楽しみ。だましだましのカメラで下で咲いてる赤いバラを写真に撮る。このバラはよく葉っぱが白くなる病気になるけど花の色は鮮やかでとてもきれい。

昼頃、雨が降ってきたので傘をさして庭のあちこちを観察しながら歩く。新しい変化を探して。毎日ちょっとずつ変化しているのだろうけど、ある時急に大きな変化に気づいて驚く。花の茎が1日で50センチぐらい伸びたように感じることがある。

まだ顔や耳がかゆい。うーん。これは長くかかりそう。2年前も1ヶ月ぐらいかゆかった気がする。

今日は夕方までずっと雨が降り続いた。

5月27日（水）

朝、ビンとカンのゴミ捨てに行きながら考えた。
ゴミ捨てにはルールがある。私はルールを守りたい。人は集団で生きるもの。人が住んでいる国にはルールがあって、それを守っている限りは自由に過ごせる。私は自由でいたいから法律を犯したくない。

というようなこと。

人類というのは、わずかに視点をずらすと非常に危ういところで生きている。「人間という生きものとしての逞《たくま》しさや丈夫さ」と「社会生活を集団で営むことの繊細さ、脆弱《ぜいじゃく》さ」が混ざり合った細い平均台の上を歩いているようだと思う。

兄のセッセは今、家を建てているが、一番大変なのは材料をそろえることだと言う。個人で建てる人が少ないからホームセンターにはないし、業者は業者相手だし。なので工夫して細いすき間を縫うようにして調達しているらしい。

よくわかる。私もかつて新しいアイデアを実行したりイベントをやった時がそうだった。前例がないのでちょうど希望するようなものがないし、相手も理解できない。

そこのすき間を突いてサッとやり終えたって感じ。相手の理解を待っていたらまったく前に進まないから理解を飛び越えて行動してた。急いでやるとしたらそれしかないのだ。

仕事部屋でパソコンに向かっていたら、窓の外をいつもの灰色の猫が通りかかった。そっちに目を向けたら、ピタリと足を止めてこっちを見ている。私の庭を悠々と横切る猫が3匹ほどいる。これはそのうちの一匹。首輪をしてるので飼い猫だと思うけど、お散歩コースなのだろう。私がじっと見ていると、よそ見してはまたこっちを向く。それを何度か繰り返し、私が動かないとわかったら、そのまままた悠々と横切って去って行った。なんだかかわいく思えてきた。名前をつけることにした。色が灰色なので銀次《ぎんじ》郎《ろう》だ。この庭を横切るあいだだけ、私の猫にしよう。

夕方、今日も川原にパンを拾いに行く。ひとさし指ぐらいの大きさのフランスパンが半分に割れたような石を見つけた。大きいのにも飽きてきたのでこれからは小さいのにしようかと思う。

川原に咲く草花の写真を撮っていたらかっこいい車がやってきた。いつも誰もいない場所なのでめずらしい。降りてきたのは人のよさそうなおじいさん。手に何かを持っている。聞いたら、おととし硫黄山の噴火の影響で川の魚が死んだけどもうそろそろ戻って来てるかな…と思って釣りをしにきたそう。

帰る時に川を振り返ったら長い釣竿《つりざお》を持つおじいさんの姿が遠くに見えた。魚は釣れたかな。今度会ったら聞いてみたい。

5月28日（木）

朝の「ほとり」語り。最近は8時に鳴る学校のチャイムに合わせて始めることにしている。今日は「失敗をどうとらえるか」についてしつこくしゃべった。最近やらかした失敗が胸にキリキリ痛いので自分を慰めるように滔々《とうとう》と。あと、「何をやるかよりも何をやらないかということが重要だ」スティーブ・ジョブズ、多読より熟読、について。このひとり語りにやっと慣れてきた気がする。最初はたどたどしかったけど。ラジオ番組をやってるみたいでおもしろい。

今日は庭作りの先輩、すずみさんが庭を見に来る日。

11時ごろにうちに来て、まず庭をひとめぐり。あれこれ細かく説明しながら見せて意見をもらったり感想をきいたり。それからカフェでランチ。

あの森の中の小さなカフェ。緑の木々を眺めながらゆっくりと食べる。帰りにお店に飾ってあったディルの花をいただいた。ドライにして飾るといいそう。

道の駅に寄って植物を少し買い（私はヒメルリトラノオ、すずみさんは珍しい紫陽花《あじさい》）、また家へ。パンの石の話をしたら、見たいと言うので川原に向かう。

「ここだよ」

と見せたら、なんとすずみさんは私のパンには目もくれず、堤防の方の斜面にはりついてる流木群に吸い寄せられていく。流木が好きなんだって。そういえば山野草を植え込んだりしてたなあ。そして足をくじいたからあんまり不安定な場所を歩けないと言いながらもずんずん歩いて大きな流木を３つほど抱えてきた。大木があって欲しかったけどさすがに重すぎて運べないわとあきらめてた。そんなに言うならと私も手ごろなのをふたつみっつ拾った。なるほどね。流木か。目に入ってなかったわ。私にはゴミにしか見えなかったがそういうものだよね…。

宝の山は人それぞれ。

「次に来た時、うちの庭に流木が１００本ぐらいあったりして！」と笑う。

すずみさんとうちの庭から外の道に出た時、塀の外の赤いバラのところにおばちゃんが立ってた。そして手に赤いものを持ってる。私が近づくと何食わぬ顔をして傍らに停めた車に乗って発車して行った。

「手にバラを持ってた…？　うちのを採ったのかな？　まさか…。そんな…バラ盗人《ぬすびと》？」

ポカンとたたずむ私たち。あのおばちゃん、バラ好きで家に飾ろうとしたのか。びっくり。あのきれいな赤いバラ。人の目にも鮮やかだったか。

5月29日（金）

暑い日。

明日《あした》から天気がくずれそうなので庭の仕事をがんばる。また川に石と流木を拾いにいく。石は少しだけ。流木は細長いのをいくつか。目隠し用に。

夕方、温泉にでも行こうかなあと思った。近くの。回数券もあるしね。

行くと、やはりまだ人は少なく、他にひとりいて、出て、またひとり来て、って感じ。茶色い温泉にじんわりと浸かる。このあたりの温泉は鉄分のせいなのかどこも茶色い。浴槽のまわりの木や石も茶色くなってる。あの川の石の茶色と同じような色だ。うちの井戸の水も茶色かった。ここらの土の成分なのだろうか…。パンの石の茶色い色はこのあたりの地下水、温泉の色なのかも…。

夜。絹の布団に虫の穴が2こずつたくさん空いていて、それを去年アイロンでつける布でふさいだんだけど、ふさぎ忘れを発見した。気になるのでまた残った布とアイロンを取り出してつける。他に取れそうになっているのも再度アイロンをかけて補修する。私は布類の補修をするのが好きだ。手をかけて補修するとグッといいものに思えてくる。破れたクッションカバーもそうだった。

5月30日（土）

朝、すずみさんから電話が来て、これから軽トラで流木を拾いに行くからついでに欲しがっていた黄色い星入りのつわぶきを持って行く、とのこと。ふふふ。

来た！　つわぶきとお味噌《みそ》をいただく。旦那《だんな》さんが運転してた。「私もあとで顔出すね！」

最近発見したすごく好きなブラックベリージャムをつけたパンとコーヒーの朝食を食べて、さあ、行こうかと準備してたら、すずみさんが「帰るわ」と挨拶《あいさつ》に来た。軽トラの荷台にでっかい流木がしっかりと紐《ひも》で結わえられてる。

「あら！　もう終わったの？　早いね！　こんな大きいのがあったの？」

根っこもついていてとてもいい感じ。思い立ったらすぐ、という行動力が似ている。

「雨が降る前にと思って」と言ってた。雨に濡《ぬ》れると重くなるからって。なるほど。

午後から雨が降る予報。

私もちょっと見に行くかな。ひとりで。セッセがさっきの荷台の流木を見たそうで、「すごいね」と言ってた。

川原に行って、木の根っこみたいなのや曲がった木の棒、いろいろと拾った。このあたりはすぐに草でおおわれてしまうだろうなあ。大きい石もみっつ。パンはもういいや。

庭に戻って置いてみる。木の根っこはあまりにも存在感があるので森の下の暗がりに置く。いい感じ。木の棒はまとめて横たえたり目隠しにしてみた。こちらもなかなかいい感じ。私も自分なりの流木を集めたい。

壊れそうだったカメラがついにもうダメか。10回も20回も電源を入れたり消したりを繰り返さないと正常に作動しなくなってしまった。

ううむ。もうあきらめよう。で、さっそくネットで注文した。同じものはなく、新しい機種は大きさが大きくなってる。今の大きさが使いやすかったんだけど…。しかたない。もうレギンスのポケットに入れられなくなるなあ。

夕方、5時半。髪をカットしに行く。初めて行く近くのところ。こぢんまりとしていて女性ひとりでやってて気楽。感じのいい明るい方で、肩ぐらいに切ってもらった。ヘナカラーでアレルギーが出たのでもう白髪染めをやめようかと思ってるんです、と話したら、グレイヘアが似合いそうですよと言われた。シャンプーなしのカットだけ、20分で終わり、値段は２５００円。また行こう。

ニュースでは米中貿易戦争の激化、南米のコロナ拡大、香港問題など。世界情勢が不安定。これから先も何が起こるかわからない。誰にも予想がつかないだろう。

5月31日（日）

恒例のしげちゃん&セッセの朝散歩。

パンの石をきれいにカゴに盛ってドッキリ、騙《だま》そうと思い玄関のところに置いておいた。しげちゃんに「これどう？」と見せたら、「石を詰めたの？」と言う。

「あれ！　石ってわかった？」

「このあいだ見せてくれたじゃない」とセッセ。

なんだ、そうだったか！　忘れてた。残念。

石と流木の話をまた熱心にする。しげちゃんも昔からきれいな雑草や山の木を採って来ては庭に植えていたよね。草むしりをしていても雑草の花があるときれいだからとそこだけ残していたそう。話すうちにだんだんイキイキしてきて、これから3人で川に行こう！　ということになった。しげちゃんの運動にもなるしね。

で、車でブーンと近くの川原へ。そこでまた私は流木を拾った。流木も見ているうちにだんだん自分の好きなのがわかってきた。すると自分なりのいい流木がどんどん目に飛び込んでくるからおもしろい。

カメラが届いた。思っていたよりでっかい。レギンスのポケットには入らない。慣れるまで時間がかかるかもなあ。説明書を読んで必要なところだけ簡単にチェックする。動画はとらないのでカメラだけでいい。それでも機能がいっぱいで操作が複雑。うーん。読む気がしない。

そういえばセッセが梅雨に入ったと言っていた。

そうか…、雨が降り始めたらもう流木を拾いに行けなくなる。増水したら水辺の地形も変わるだろうなあ。

と思ったら今のうちに行かなきゃと急に思いたつ。そしてまた流木を見に行く。午前中も停まってたミニバンがまだいて人が乗ってる。気になる。もし何か聞かれたら「流木アーティストなんです」と言おう。

いくつもの流木をひとつのところに集めながら歩いていったら6ヶ所ぐらいになった。最後にひとりでは運べないような大きなのを発見し、ついにセッセに応援を頼む。

セッセの家まで呼びに行って軽トラで来てもらった。荷台いっぱいに流木を積み込んで帰る。庭のテラスにいっしょに運んだ。

それを眺めて私はにんまり。

家の中からそれらが目に入るたびにうれしい。人にはゴミのようなものでも私には宝。「タダっていうのがいいね」とセッセが何度も言っていた。

6月

6月1日（月）

曇り時々雨。

今日も川原に行って流木と石を見る。いいのがあったら持って帰ろう。

陽がさしてきて、探しているうちに汗が出てきた。前回の大雨で草がすべて下流方向を向いている。草の筋ができている。おもしろい。

川の流れの近くに降りてみると、きれいな水辺の草が生えていた。色も黄緑色と緑色でとても鮮やか。わあ…と思って写真を撮る。砂地の草花もきれいだったのでそれも撮る。大雨の後の川原は石も流木も草も、何もかもが川の水で洗われているのできれいというか清潔感があるというか汚く感じない。だから私も嫌じゃないんだなと思った。

テレビで見たが、この川内川《せんだいがわ》は去年国交省が発表した「水質が最も良好な河川」17河川に入っている。

庭のテラスを眺めて悦に入る。

このテラス、前から殺風景で気になっていた。そこがツタや流木などでまるでアート作品の展示場になったよう。うれしい。ただ、サクが帰ってきたらここでバスケットをするので空けなくてはなあ。バスケットボールのゴールを昔、セッセが買ってくれたのだ。急にでっかいのを持ってきたのだった。

今日の夜8時にコロナ終息を願う花火が全国で打ち上げられるということなのでサクにラインする。一昨昨日《さきおととい》のブルーインパルスの飛行も見たかったなあ。見た人が「感動しました」と言っていて、それを聞いて急にそう思った。私も感動したと思う。

6月2日（火）

今日は晴れ。さわやか！

明日《あした》からまた天気が悪そうなので今日のうちに洗濯とかいろいろやっておこう。塀の外に植えていた白い花が増えて狭いところにぎゅうぎゅうになっていたので移植するために根をどっさり掘り出す。庭に植えよう。それからどくだみの花が咲いたので化粧水を作るために軽く摘む。洗って乾かして、ホワイトリカーに漬けよう。

今日は9時半から将棋がある。とてもひさしぶり。うれしい。対局もコロナの影響で延期になっていたから。

庭を見回っていたら、あれ？　なんかもぞもぞ動いてる。

そう。それは数日前に木を剪定《せんてい》した時に切った枝に見つけたカマキリの卵。カサカサしていたのでもう孵《かえ》ったあとかなと思ったけど、なんとなく気になって地面に突き刺しておいた。

その卵の中からたくさんのカマキリの赤ちゃんが出てきている。わあ…と思って近づいて見ると、なんと！　その生まれたてのカマキリを小さなアリが次々と襲っているではないか。枝が短いので刺した地面から卵までは数センチしかない。普通なら地面から数十センチ〜1メートルくらいにあるはずなのでこんなふうにアリに襲われることはないはず。ああ、しまった！　私がここに刺したから…。気をもみながらもじっと観察した。スポンジのようなすき間から次々と出てくるカマキリの赤ちゃん。取り巻くアリたち。残酷な戦いが繰り広げられている。無事に逃げ延びたものもいる。ごめんなさい…と思いつつ目を凝らす。

将棋を見ながら、あいまに庭仕事。家と庭を行ったり来たり。終わって（藤井七段の勝ち）、近くの温泉へ。最近始めたというお惣菜《そうざい》コーナーでおかずを2品買った（ひとつは味が濃くてあまり好きじゃなかった）。

6月3日（水）

雨なので家の中にいる。

朝のワイドショーでも見るか。ひさびさ。暗い気分になりたいときはわざと見てみる。やってるやってる。変わってないわ。出演者も論調も。これもまた落ち着く。岡田晴恵先生のファッションにも注目。今日はどんな服かな。なんか近ごろはヒール役になった感あり。ちょこちょこっと見て、傘をさして庭へ。

毎日、木も植物も生長し姿を変えるので見飽きない。

雨がやんだら植えつけをしたい苗があったけどけっきょくずっと降り続いている。

どくだみエキスを作るためにホワイトリカーを買いに行く。古びているけど気に入ってる近くのディスカウントショップ。お酒の列を歩いていたら厳重に鍵《かぎ》をかけられたガラス棚があった。見ると、聞いたことのある高価な焼酎《しょうちゅう》がずらり。「森伊蔵《もりいぞう》」「魔王」「百年の孤独」その他いろいろ。へ～こんなところに、と思いながらじっと見る。

「道の駅」でまた植物を3つ買う。山紫陽花《やまあじさい》、ツユクサ、多肉植物。その植物を作ってるおじさんがいたので多肉植物の育て方などちょっと質問していたら、近くにいたおばちゃんが吊《つ》り下げられている小さなランのことを聞いてきた。

「水をあげすぎると花はつきにくいですよ」とおじさん。

「そうなんですか」とおばちゃん。

「花が咲くっていうことはですね。どういうことかっていうと、花は子供なんですよ。だから死にそうになると子どもを作ろうとするんです」

おばちゃんは小さいのをひとつ、買っていった。

夕方、ヒマなのでまた昨日の温泉へ。露天風呂《ろてんぶろ》はないけどお湯の量が多くて気持ちいい。サウナにも入り、しばらくぼんやりすごす。帰りにまたお惣菜をひとつ買った。

6月4日（木）

今日も曇り時々雨かなあ。

空がどんよりしている。

将棋の棋聖戦を見ながら、あいまに庭に出て花の苗を植える。

食料がほとんどなくなったのでお昼はサクが買ってきてたカップヌードルを食べる。

将棋は熱戦。ほぼ互角。長くなりそうなのでおやつを買いに出る。セブン－イレブンでエクレアを買ってきた。

家に戻ったら、くるみちゃんが私の好きな栗きんとんをもらったからと言って持ってきてくれた。それは高千穂《たかちほ》の「栗九里《くりくり》」。これ大好き。なかなか手に入らないやつ。とてもうれしい。

熱戦の末、藤井七段の勝利。すごい手がでたようで解説者の方も興奮していた。私にはわからないが。8日から渡辺《わたなべ》明《あきら》棋聖に挑戦する五番勝負が始まる。とても楽しみ。

対局後の記者会見で最後にアベマTVの人に「顔を上げて笑いながら答えてください」と注文を出されて、ところどころ顔を上げて笑おうと頑張っていたのが気の毒だったけどおもしろかった。

6月5日（金）

明日東京へ戻るので、今やるべき庭仕事を忙しくこなす。木の下にギボウシを8つ植えつけ、混みあった花を間引いて移植する。剪定のノロさんが兄の家を見に来てたので声をかけてうちの庭をぐるりと見てもらう。グミやレンギョウのここを将来こうしたい、これをこっちに伸ばしたいと話したらチョキチョキと枝先を切ってくれた。

お昼、くるみちゃんとランチ。鶏《とり》とゴボウのグラタンはちょっと量が多かった。そのまま温泉へ。人吉の華《はな》まき温泉。

その前に、先日見たひょうたん赤ちゃんがどうしても気になり、まだあったら買おうと思って店に見に行く。

…まだあった。買う。うちのひょうたん赤ちゃんに友だちができた。

華まき温泉はこぢんまり。つるつるしていて泉質がすごくいい。わりとぬるめ。窓から外を見てたら大きな鳥が3羽、ゆったりと飛んできて木の枝にとまった。ワシ？

タカ？　トンビ？
帰りに温泉の方に聞いたら、このあたりにはトンビがよくいるそう。ピーヒョロロと鳴き声も聞こえる。そうか、トンビだったか。車で、さっきの木がよく見えるところからトンビの写真を撮る。

大きな橋を渡っていたら川の中州にとてもいい枝ぶりの流木が見えた。S字形にひねくりかえっている。あまりにも気になり、本屋さんで本を買ってから引き返してもらって見に行く。すると、持って帰るには大きすぎた。堤防から見ても5メートル以上はありそう。

夕食はしげちゃん、セッセと3人で近くの初めて行く居酒屋へ。先月しげちゃんは誕生日だった。けど忘れていた。なので遅くなったけど誕生日のプレゼントを渡す。しげちゃんの好きな赤川次郎の推理小説。本が好きなのでとてもうれしそう。

明日の準備をちょっとだけして早めに就寝。

6月6日（土）

早起きして準備の続き。出発10分前になって剪定《せんてい》しなきゃいけない木を思い出し、大急ぎで剪定する。それは花が咲き終わったばかりのティーツリーで、枝が伸びすぎて台風が来たら折れそうになっている。焦ってあわてて汗が噴き出す。

空港に着いてラウンジで動画の編集をしていたらあまりにも夢中になってしまい遅れるところだった。ハッと気づいて急いで搭乗口に駆け込む。まにあってよかった。その動画というのは昨日の「ひょうたん赤ちゃん」。

お客さんは少なく、前後左右に人はいなくて、ゆったりと快適だった。客室乗務員の方々もとても親切。こんなに少人数とはなんて贅沢《ぜいたく》。

羽田について予約していたタクシーへ。道中、運転手さんと話す。高速もガラガラですよと言っていた。

家についてドアを開けたら、サクが歯磨きをしていた。出かけるところらしい。家の中は、物は片づいているけどよく見ると細部がほこりっぽい。カーカが先月引っ越したので荷物がなくなっていてスッキリしてる。

観葉植物の葉がカサカサしてる。

「水あげた？」

「ううん」

2ヶ月も！　すぐに水を上げる。

サクが出かけ、私はまずスーパーへ買い物。コロナ対策でエレベーターは閉じられ、出入口は各階1ヶ所に限定されていてとても不便だった。それを知らなかったので重い荷物を下げてぐるぐる歩きまわり、遠回りして帰る。

さて。いちばん気になるところから掃除しよう。まず窓ガラス。それから床に掃除機をかける。そして台所のシンクまわり。

あとは明日からでいいか〜。今日はのんびりしよう。

買ってきたスパークリングワインを開けて、ナッツをつまみながらほっとひといき。しあわせタイム。

6月7日（日）

昨日早く寝たら、今朝はものすごく早く目が覚めた。

QPさんが9時にジムに行くと聞いたので、私も9時に行く。ジムもコロナ対策が厳重になされていた。人数制限もしているそう。会話をしないようにという張り紙がしてあった。

まあ。

挨拶《あいさつ》も自粛している人がいる。こんなだったら話なんてできないかも…と思いながらプールへ。ぱちゃぱちゃ泳いでいたらＱＰさんがきたので人に聞かれないように外のジャグジーに行く。

「話したらいけないって書いてあったよ」

「大丈夫やで。みんなしゃべってるよ」

「そう？」

で、安心して、ここしばらくの近況を伝え合う。ＱＰさんは散歩中に転んで手の指を骨折したそう。来月には目の手術をするし、あちこちガタが出てきたという。胸が苦しくなってお医者さんに行ったら逆流性食道炎だったって。

「よく聞くよ。その病気」

プールに人が一瞬多くなったけどまだまだ少なく、お風呂《ふろ》もひとりかふたり。サウナは閉じられているので、お風呂の湯船と水風呂を行ったり来たりした。

ひさしぶりにプールとお風呂にゆっくり入ったので、ぼんやりと疲れた。帰りにスーパーで朝飲む塩レモン水用のレモンとパイナップルを買う。今日は出口がわかってるので最短距離で出られた。

会計仕事、事務作業。コツコツ。

晩ごはんを作って食べたあとにサクが帰ってきた。いつ帰ってくるのかわからなかったので「もうごはん食べちゃった」と言ったら、自分で冷蔵庫のキムチと豚肉で豚キムチ炒《いた》めを作って納豆と食べていた。

掃除したので部屋がだんだんきれいになっていき、うれしい。

明日から棋聖戦の五番勝負。楽しみ。渡辺明三冠との戦い。

私の部屋のコピー機に白い紙が挟まっている。見てみるとサクがコピーをとってそのまま置いていた就活の面接で使うための紙のよう。特技のところに「マジカルバナナを無限にできること」と書かれてあった…。

6月8日（月）

ずっと棋聖戦を見る。見ながら絵を描いた。「静けさのほとり」用。森の中の静かな湖畔に集まる人々の絵。

藤井七段が勝って、記者会見。最後にまたアベマＴＶの人が「顔を上げてひとことメッセージを」と言っていた。今日は「笑顔で」と言わなかったのでホッとした。

もらった栗九里を食べたら、なんだか前に食べた時ほど感動しなかった。あれ？と思った。なぜだろう。たくさん食べ過ぎて栗きんとんの味に飽きたのかもなあ。

そうそう。

壊れた洗濯機が新しくなっていた。留守中に取り換えてくれたのだ。でも、今度の洗濯機は大きさが大きくて今までの場所に収まらず、扉を取り外すと言われていた。確かに扉がなくなってる。しかも壁から少し前にでっぱっている。廊下から洗濯機が見えてとても悲しい。扉がないなんて安っぽいもの。

そして洗濯機の上にあった2段の棚もなくなっていてタオル類を置けなくなっていた。ものすごく不便。

しょうがないので昨日突っ張り棒方式の棚を買って、そこにタオルを置いたけど狭いので置ける量が今までの3分の1ぐらいしかない。

最初、洗濯機の壊れたところを応急処置でボンドでくっつけて使っていたけど、こんなことならそのまま使ってたらよかった。壊れたなんて言わなきゃよかったわ。

6月9日（火）

今日は午前中、プール。

歩いたり、泳いだり。QPさんとしゃべったり。いつもの習慣が戻った。外のジャグジーは陽射しが強く。もう夏だなあ。お風呂のサウナは使えないのでそこだけは勝手が違う。

テレビをつけたら藤井七段の師匠の杉本《すぎもと》八段が電話インタビューに答えていた。藤井七段は「ミスがあったら一番激しい手で前に進むんです」と言っていた。なるほど。

冷蔵庫にサクのおやつがたくさん入っている。プリンやシュークリームが。私も宮崎から食べきれなかった濃厚イタリアンプリンを持って帰ってきた。消費期限を見たら6月6日だったので腐ってはいないだろうとは思ったけどたくさんあるからこれはもう捨てようと、たしか今朝、ごみ袋に捨てた。

で、夕方、おやつの消費期限の話になって、もって帰ってきた濃厚イタリアンプリンは捨てちゃったよとサクに話したら、「あれ食べたかった」と言う。

「このごみ袋に入ってるかも。今朝ゴミ置き場に捨てたのじゃなかったら。どうする？　探す？」

汚れたゴミがたくさん満杯に入ってる。残飯とかも。すごく…、うう。で、しばらく迷ったけど、使い捨て手袋を右手にはめてごみ袋から新しいごみ袋にゴミを移し替えながらプリンを探す。すると上から3分の1ぐらいのところにあった！

「あったよ！」

今食べると言うので、外のプラスチックケースをきれいに洗って、中身を出して味見に少し食べてみた。結構おいしかった。

探し物をしてゴミ袋の中を探すこと、私にはわりとよくある。

洗濯機の扉がなくなって安っぽくなった件について。

サクはいつも扉をきちんと閉めないのでかえって楽そう。そして私も、慣れたら扉がない方が楽だわ。動作がひとつ軽減される。見た目をとるか、楽さをとるか。お客さんが来ないのなら楽な方が断然いいわ。扉がなくなって超快適！

6月10日（水）

今日も将棋の日。「王座戦」。今月は対局が多い。

見ながら今日も絵を描く予定。毎回絵を描こうと思う。対局は一日かかるのでちょうどいい。

そういえば10万円の給付金。カーカがスマホで申請してくれたので5月15日には振り込まれていた。マイナンバーカードを持っていたので早い（書き換えにブーブー言ってたけどあってよかった）。さっそくカーカには振り込んであげた。サクのは「教育費に使うよ」と告げる。最初、「あげるね」と言ってたんだけど…、よく考えたら扶養家族だからね。授業料のたしにしよう。

将棋を見ながら絵を描く。うまく描けなかったので白っぽい青と紫色の下地を塗るだけにした。藤井七段、負けてしまった。ガクリとしていた。

6月11日（木）

プールへ。

やはり人は少ない。レッスンの時以外は数名程度。

3ヶ月ぶりに会うガンジーさんがいたのでうれしく挨拶。しばらく泳いだ後、外のジャグジーにQPさん、ガンジーさんがいたので私も入る。ふたりは共通の話（新しくできた郊外のショッピングモールについて）を熱心にしていて、そこに行ったことのない私はまったく話に入れなかったのでそばでストレッチなどする。

ガンジーさんといろいろ話したかったけど、３ヶ月のインターバルがあったせいかスッと入っていけなかった。

なんか流れが変わったような気がする。私の住んでいる世界がこのジムの世界と離れてしまった感じ。やはり私のエネルギーは宮崎の庭に移行していってるのかもなあ。

そう感じながらひとりお風呂《ふろ》に入ってトボトボ帰る。

そうだよなあ。もともとちょっと違うのを無理して押し込めていたところはあった。

あのジムの人たちは普通の人たちだもの。

ついに流れが変わったわ。

世界も変化の中にある。私は変化のある時期が好き。これから先どうなるのか。いいことも悪いことも起こるだろう。気を引き締めていこう。

6月12日（金）

流れが変わったので、今日は家でのんびり。

録画しておいた番組がたまってるのでまとめて見る。

「美の壺《つぼ》」の粉引《こひき》、「日曜美術館」の芭蕉布《ばしょうふ》がよかった。粉引の器はいくつか持ってる。割れたのもある。ごはん茶碗《ちゃわん》だった。好きだったのに。湯飲みも割れちゃった。好きだったのに。また欲しいなあ。

あと芭蕉布のシャツかワンピースみたいなのが欲しいなあ。芭蕉布を作る過程（たくさんの女性の手を経てできる）を知ったのでとても貴重に思える。買うなら沖縄の喜《き》如嘉《じょか》を訪問してからピンとくるものに出会った時に買いたい。

芭蕉布をつくるのは糸芭蕉という品種だそう。そういえばうちの庭で繁殖していたバナナの繊維がいつまでも腐らず、とても強くて困ったがあれがその仲間だと思うと納得。

午後3時、同じく家でのんびりしているサクと夕食の買い物へ。行くよと言ってからが長い。私は準備が早いけどサクはゲームを終わらせたり歯磨きしたりで、私は2度も待ちくたびれる。

「今度から玄関で靴を履いてから呼んで」

ひさしぶりに双眼鏡公園を歩いてみた。

初夏の花々が少し。今は意外と花のない季節かも。それでもいくつか咲いている花があった。バラ、タチアオイ、シモツケ。アジサイはたくさん。

スーパーはマスクをしてない人は入れなかった。なのでサクは外のベンチで待つ。私は今夜のハヤシライス用の牛肉や明日の食材を買う。明日はまた将棋の日なので一日家だ。

6月13日（土）

シトシト雨。空も灰色。

将棋を見ながら絵を描く。今日は花の絵。

昨日、思ったこと。

自分の居場所から動かないこと。そうしたらカシスのジャムを誰かが持ってきてくれる。

流れが変わったことについて。

流れが変わると、今まで魅力や興味を感じていたものにもう興味を感じなくなる。今まで大切だと思っていたもの、支えられ、力があり、好感を持っていたものが、自分を縛っていたのだと見方が変わる。実はもう自分はそれに縛られていない。自由なんだ。自由だったんだ、ということを思い出す。

今日、涙が出たこと。

ヤフーニュースで見た記事。「コロナのしゃちょうより　コロナではたらくかぞくをもつキミへ」。暖房機器を作る株式会社コロナの社長が新潟日報に掲載した広告。社員に自信を取り戻してもらいたいと子供にも読めるようにひらがなとカタカナだけで「キミのじまんのかぞくは、コロナのじまんのしゃいんです」とメッセージを載せている。コロナって名前なばかりに社員とその家族が肩身の狭い思いをしているだろうと…。社長の思いに胸が熱くなる。

6月14日（日）

今日も家にいて録画しておいた番組を見る。「猫のしっぽ　カエルの手」「マツコの知らない世界」。

「マツコ〜」で、スマートスピーカー9つを持つ女性がでてきて、「私はものすごくものぐさで部屋の中で一歩も動かずにいたいんです」というのを聞いた瞬間、私はテレビを一時停止して部屋を飛び出した。

酒屋へ！

なぜかその「ものぐさ」という言葉に私の心がパーッとうれしく反応したようで、

これはうまい酒を飲みながら見なくては！　と思ったのだ。で、スパークリングワインを3本、買ってしまった。1本のつもりがセールだったのでつい。そしてマカデミアナッツとチーズのおつまみを食べながら続きを見た。内容はそれほどでもなかったけどそのまま飲み続け1本空ける。

きゃ～。次は半分でやめたい。

そうそう。その買い物に出た時、私はついうっかりマスクをし忘れた。エレベーターに乗ってから思い出したので引き返す気になれずそのまま出かけた。まわりをみるとほとんどの人がマスクをしている。お店に入って急いで品物をカゴに入れて、レジでは極力声を出さないようにして買う。声を出さなくても失礼にならないのがいい。帰りも急いで帰った。

動画の視聴者の方からのコメントに「昔の銀色さんの言葉。『流されないで流れていたい』とあって、ずっと私の指針になっています」とあった。

流されないで流れていたい。

いいですね。すっかり忘れていたから、思い出させてくれた。

6月15日（月）

月曜日。

昨日飲みすぎたので、今朝はちょっと…後悔。気持ちを引き締めて、日本茶と梅干しの朝食。


昼、テレビをつけたら「バイキング」で、まだ渡部《わたべ》の不倫の話題。ブラックマヨネーズの吉田《よしだ》が「股間《こかん》なんて言うこと聞かないですよ。コイツ。脳のライバルなんですよ。ここ、脳が支店出してるんです」と言うので笑った。本音って気がした。

「マツコの知らない世界」でインスタントラーメンの回を見て、すごくラーメンを食べたくなり、前にカーカがおいしいって言ってたラーメン店「冠尾《かむろ》」が近くにあったことを思い出し、サクを誘ってお昼を食べに行く。

1時過ぎてたので人も少なく、ゆっくり食べられた。私は「鶏清湯《とりチンタン》らぁめん」。炊き込みご飯付きのランチにしたけどお腹いっぱいになって炊き込みご飯は少し残してしまった。なんとなくランチにしてしまったけど、よく考えたらラーメン1杯を食べきれるか心配ってぐらいなのにね。

帰りにスーパーで夜ごはんのおかずにヒラメのお刺身と豆腐、おやつのマロンパイを買って帰る。

午後は最近買った本、ダグラス・ハーディングの『頭がない男』を途中まで見る。哲学だけど漫画だったので読みやすい。自分から見ると自分には体は見えるけど頭はない。人の頭は見える。自分の頭を見ようとしても何もない。その何もないところが自分だ。みたいなことが書いてある。そういうことを考え続けた人らしい。

6月16日（火）

今日もほとんど家にいてこまごま勉強&研究。

あと、ラインスタンプの新しいのを作ってる。自分でも使えるような「ランチ食べに行かない？」などの日常の誘い言葉シリーズ。

私のファンクラブ的な有料音声ブログ「静けさのほとり」。

だいぶ話すのにも慣れてきて毎日楽しく淡々とやってます。その感想を時々いただくのですが、さっき届いたコメントがうれしかったです。

「私は最近ずっと生きているのが楽しくなかったのですが、先日銀色さんの『箱庭とかちっちゃい世界を作るのが好き。30㎝四方の中とか決められた箱のなかに《どうぞあなたの好きな理想の世界を作ってください》って言われるとワクワクする。その人が作るものは全てその人が表れる。料理でも絵でも、庭とか作らせたらその人がまるまま出る』という言葉を聞いて、私もベランダで家庭菜園を始めようと思えて、やり始めたら唯一の趣味になって楽しいです。大きな外の世界に飲み込まれて生きているような感覚だったのですが、自分の好きな世界を作ってその中で生きていいんだと思うととても元気が出ました。

そのことを私は昔から大好きな『そして僕は途方に暮れる』の『ひとつ残らず君を、悲しませないものを、君の世界の全てにすればいい』という大好きなフレーズと重ねて思い馳《は》せていて、銀色さんはずーっと、自分の世界を作って表現されることで、人それぞれがそれぞれの世界を作ることを応援してくれてる存在のように感じました。今日、『そして僕は途方に暮れる』の話が出たのでコメントしようと思いました。」

夕方、ちょっとプールへ。

人も少なくすごく静か。誰もしゃべってない。今日も息が詰まるような感じだった。私は泳ぎながら、「頭がない男」のことを考える。自分が見ている世界の中には自分の頭だけがない。この世界を見ている自分はいったい何だろう…。

6月17日（水）

インド、ラダックのインドと中国の係争地で死者が出たというニュースが。ラダックといえば数年前にアンズの花を見にツアーで行ったところ。あら〜。荒涼とした高地で緑の木の葉が美しかったのを思い出す。その時も空港には銃を持った軍隊がいたし、街の郊外には軍の施設があった。あの荒涼とした美しい場所があまり破壊されないでほしいが。空気の澄んだところだった。

家の観葉植物を見たら、「あれ？　なにこれ」と驚いた。葉っぱの付け根に緑色の丸い球がついてる。10年以上も育ててきて、初めて見た。大声でサクを呼ぶ。

「これ見て。植物は死にそうになると花をつけるって言ってたから、これ、実かもね。花は咲いたのかな…」

不思議。土に植えてみようかな。

夜は仕事の打ち合わせをかねて外食。好きなイタリアンへ。お店のスタッフが新しくなっていたけど味は変わらずおいしかった。ここは少量ずつ頼めるセットがあるのでいい。

『こういう旅はもう二度としないだろう』の文庫版の作業。

「旅はもうしばらくできないね…、今だったらどういう旅ができるだろう、今でもできる旅の本を作ろうか」と話し合う。観光地ではない、なんということもない、けれど自分には胸を打つ景色を発見する旅とか。

6月18日（木）

家で引き続き、ラインスタンプ作り。

夕方、サクが家でリモート面接を受けるというのでそのあいだ、ちょっと見たかった映画があったので見に行くことにした。

調べたらメンバーカードの期限が切れている。年会費を払って継続しようか…と思っていたら、シニア料金で見られることに気づく。なんと１２００円。だったらこれでいいや。これからずっと？　うれしい。

映画は「ビッグ・リトル・ファーム」。

殺処分寸前で保護した愛犬の鳴き声が原因でアパートを追い出されたジョンとモリー夫妻が、２００エーカーの荒れ果てた農地を命溢《あふ》れる農場に創りあげていく8年間を記録したドキュメンタリー。半分は動物の映像だったけど生命力に溢れたいい話だった。虫もいっぱい出てきた。でもお客さんは7人。まだまだ映画館に足を運ぶ人は少ないんだ。その映画の最後に主人公が、「たくさんの仲間たちや動物に囲まれていたから、僕らは一瞬たりとも孤独ではなかった」と言っていた。その言葉が耳に痛い。私は人からも動物からも距離をおいているので孤独を感じることが多いわ。

いや、でも！

植物や木に囲まれてるし、今はパンの石や流木もある。私なりの仲間たちと静かなにぎわいを持っているじゃないか。仲間がいたいた！　いっぱい。

夜はすき焼き。やっぱおいしい。濃い目の味を玉子にくぐらせるところがね！

学校も休みだし、せっかく時間があるから、どこか行く？　とサクに聞いてみる。毎日ヒマな私ら。今、京都は外国人がいないから行き時だってよ。

「奈良に行って鹿に鹿せんべいを食べさせたい」とのこと。あと、京都の清水寺《きよみずでら》、鳥取の砂丘、東北にも行ってみたいそう。まずはその中でも距離的に近い京都か奈良がいいかもね、と話す。

6月19日（金）

今日もコツコツ、ラインスタンプ作り。

朝、じゃあ手始めに京都か奈良に行こうか？ と話してたら、昨日リモート面接をした京都の会社から昼ごろ連絡があって、来週面接に来てくださいって。あら！ だったらついでに観光しようよ、ということになる。そこに決まったらラッキーだね。世間の雰囲気的に今年は就職、無理かもと思ってる。

カーカから、「流行《はや》りの性転換アプリやってみた」と男の子に変換されたカーカの顔が届く。サクに似てない？ と。サクにはあまり似てない気がするけど、こんな顔の男の子っているよね〜。

他にも、ともう一枚送られてきた。

見て、びっくり、大笑い。弟のてるにそっくり。昔のてるくん。笑いながらなごちんに送ったら、爆笑！ って。久々笑った。

その写真、しばらくしてまた見てしまい、また爆笑。ひとりでワハハと笑う。

夜。ネットフリックスでSF映画「境界線」を見る。もわもわとした映画。アイスランドの景色がきれいだった。柱状節理の石も見れた。

ヒッチコックの「めまい」を見つけたので次はこれを見たい。

6月20日（土）

天気がいいので大物のタオルケットを洗濯する。

仕事部屋を掃除しながら将棋観戦。竜王戦3組ランキング戦決勝で藤井七段と師匠の杉本八段。じっくりとした取り組みで、結果は藤井七段の勝ち。杉本八段が書いた本を以前読み、素晴らしい人だと思ったのを思い出す。今日は藤井七段への礼儀として着物を着てきたそう。

お蕎麦屋《そばや》さんにあるような和風だしのカレーを食べたくて、今日作ってみた。まろやかでとてもおいしくできた。

昨日申請したラインスタンプがもう審査されて販売された。早くなったんだ！

さっそくカーカとサクにプレゼントする。カーカから「こういうの好き」と反応が。

サクのアイデアの「勉強会しない？」も入れました。

6月21日（日）

今日は夏至で日食。でも曇っていて太陽は見えなそう。

毎朝の日課である「静けさのほとり」を30分録音して一日が始まる。最近はスピリチュアルな勉強会みたいになってきてる。基本的に哲学とか目に見えない世界とかが好きなので、そうかこういうふうになっていくのか…と思った。毎朝この時間を持つことで心が落ち着きます。

掃除とかいろいろして夕方。

日食は見えない。どこかでライブ放送してないかなと探したらたくさんあった。その中でも中国のアモイというところがいちばんよく見えたので画面越しだけどその瞬間を見る。きれいな金環日食。細いリング状になっていた。

6月22日（月）

朝、ヒッチコックの「めまい」を見た。今まで2〜3回は見ていたはずだが初めてストーリーがよく分かった。続けて「隠された理由」というドラマの1回目を見て気が沈んだ。気が沈んだまま一日が始まる。

午前中、歯の定期健診&クリーニング。コロナで行けなかったので久しぶりだ。自粛中、歯磨きの気が緩んでしまったせいか右上の弱っている奥歯がまた少し痛い。そこを集中的にクリーニングしてもらう。今日からまた熱心に磨こう。定期健診に行くと気持ちが引き締まる。

担当の若い女の先生が7月で異動になるとのこと。あら〜、残念! とても話しやすかったのに。「残念です〜」と思わず声が出てしまう。

午後、「ブラタモリ」を一気見。まだまだ途中。

夜。偶然、草花のいいネットショップを発見してしまった。知らなかった植物を見て、興奮して次々と買いたいものを紙にメモする。特に欲しいと思ったのは吊《つ》るすタイプの観葉植物で、コウモリランやスパニッシュモス。これを、数年計画でツルを絡ませたいと思っている台所の外の殺風景な空間に吊り下げたら、ツルが伸びるまでのつなぎになるのではないか。

あと、自然由来の成分でヘアケアしながら白髪を染めるという利《り》尻《しり》昆布ヘアカラートリートメントというのを見つけたので注文した。パッチテストをしてから試してみよう。評価を見ると人それぞれで賛否両論。いいと言う人もいれば全然と言う人。使用方法が書いてあって、いくつか注意が必要みたいだ。白髪の自分も見たいけど、これにも興味。

あの観葉植物の緑色の球が1センチぐらいに大きくなって、ポロリポロリと落ちていく。やはりこれは種かもしれない。宮崎の庭に植えてみよう。

6月23日（火）

今日も朝早く目が覚めたのでベッドで寝ころびながら映画を見た。

昨日のドラマの2回目。もう見ないと思ったのについつい。それから「ザ・ブック・オブ・ヘンリー」という映画を見始めて引き込まれる。ちょっと泣いたりもした。半分まで見て起きたけど、続きが楽しみ。

今日も将棋。王位戦。永瀬《ながせ》二冠と。そして藤井七段が勝ったのでタイトル挑戦権を獲得。楽しみ…。

6月24日（水）

来週の宮崎帰省にむけて花の苗や苗木、不織布ポットをたくさん注文してしまった。しばらくぶりなので欲しい気持ちが爆発！

欲しかった植物がいろいろあったのです。目隠し用の常緑ヤマボウシ「十五夜」も購入。全部で…苗を30個ぐらい、不織布ポットを27鉢。不織布ポットはどんな感じだろうか。画像でしか見ていないので気になる。モグラ除《よ》けに花を植えてそのまま土に埋めることができるかもしれないと思う。

次に帰るのがとても楽しみ。植物はどうなっているだろう。木々の葉は伸びているだろうか。挿し木しといたあの花はどうなっているかな。

利尻昆布ヘアカラートリートメントが来たのでパッチテストを6時間（説明書には48時間と書いてあったが）して、何ともなかったので髪を染めてみた。素手で洗ったら爪が黒くなってしまったが、よく洗ったら落ちた。次はゴム手袋を使おう。

今日の白髪の染まり具合は…うっすら程度。何回かやるとだんだん染まっていくらしい。

台所の引き出しに乾物を見つけた。このままではずっと使わないかもと思い、干ししいたけの佃煮《つくだに》、昆布とジャガイモと牛肉の煮物を作った。明日《あした》の昼、うどんを作ってその中にしいたけの佃煮を入れよう。そうだ、半熟煮玉子も作っておこう。

6月25日（木）

今日は将棋の順位戦。相手は佐々木《ささき》勇気《ゆうき》七段。30連勝を止められた因縁の相手なので楽しみ。

パソコンをキッチンに持ってきて見ながら朝食の準備。食後に桃とヨーグルト。

今年はＪＡＬもＡＮＡもＨＩＳも新卒者を採用しないそう。そうだよね…。どうしても航空会社に入りたかった人が「来年を目指す」って言ってたって。海外旅行業界はしばらくは大変…。あ、あそこはどうなってるだろう。私がツアーで愛用していた秘境専門旅行会社「西遊旅行」は！

調べたら当分海外ツアーは停止になってた。ラダックのツアーももちろんやってない。国内旅行はやってた。

将棋を見ながら晩ごはんのメニューを考える。考えながらイラストに描く。明日からしばらくいないから冷蔵庫の中にあるものを一掃したい。冷凍餃子《ぎょうざ》に冷ややっこ。

将棋は夜11時19分、藤井七段の勝利。

6月26日（金）

サクと京都へ。

朝からバタバタ。品川《しながわ》発11時59分。駅構内のおにぎり屋さんでお弁当を買う。新幹線の乗客は4分の1ぐらい。

京都着14時6分。雨が降っている。急いでタクシーでホテルに直行して、すぐにサクはスーツに着替えて面接へ。私は知らなかったけどなんとかっていうB to Bの理系っぽい会社みたいでいい感じ。私はゴロゴロ。

しばらくして帰ってきた。

どうだった？　感触は？

「…うーん。よくわからない。でもいい人たちだった」

それからサクはコンビニに飲み物を買うついでに散歩に出かけると言う。私は部屋にいるから炭酸買ってきてねとお願いする。そこに電話があり、なんとさっきの会社から内定のお知らせ。えっ！　びっくり。今年はコロナで就職は無理かも…とまで覚悟していた私だったのでうれしい。

サクはやりたいことがないので就活も出遅れて、どんな仕事が向いてるんだろう…といまだに考えていたぐらい。よかったねえ！　とふたりで喜ぶ。

夜ごはんはいろいろ考えたけど外に出るのが面倒になり、ホテルの和食屋さんで食べる。値段は高かったけど量もちょうどよくて、とてもおいしかった。最後に出てきた小釜《こがま》で炊かれたとうもろこしご飯なんか好物なので3杯も食べた。

お客さんはやはり少ない。そのせいか従業員さんたちの接客が非常に丁寧。ホテルのフロントの方たちもそうだった。

6月27日（土）

内定が取れたので気持ちは一変。とても落ち着いた。

今日から観光だ。

ホテルの朝食がおいしかった。どれも丁寧で、オムレツのカーブも美しい。

お客さんは少なく、話してるのを聞くと近場の常連さんがほとんどみたい。今日も従業員さんの接客は素晴らしい。このホテルの質がいいのだろう。京都ブライトンホテル。駅から離れているので不便だけど、その分静かで落ち着いている。前にも何度か泊ったことがある。ホテル業は今、大変だと思うけど頑張ってほしい…と願った。今日は別のホテルなのでいらない荷物を宅配便で送り、身軽になって、いざ出発。

清水寺に行きたいと言うサクのリクエストで、タクシーに乗って向かう。電車で行こうか、バスは…と考えていたところに、日が差してきて暑くなりそうだったので私が決めた。

清水寺は前にカーカとも来た。お昼ご飯のことで喧嘩《けんか》したっけ。サクは中学の修学旅行以来らしい。人出は、多くもなく少なくもなくちょうどいい。あまり人がいないのも寂しいから。ただ、清水の舞台が修理中でそこには行けなかった。左右に張り出したところには行けたのでそこから景色を眺める。一周。マスクをつけているのでとても暑い。階段を上る時は特に。なので時々はずして息を整える。向かいの赤い三重塔みたいなところまで上がる。先の方には車が止まってて小さな道が通ってる。

景色を見て階段を下ってた時、宅配便のお兄さんとすれ違った。汗だくで、「なんてことだ」みたいなことをつぶやいてる。あの三重塔に行くみたい。裏から行ったら車が通れる道があったのに下から入ってきたのだろう。気の毒。

出口に向かってゆっくり歩いていたら、そのお兄さんが走って追い越して行った。「配達してきたんだね。大変だね」と、サクとそのお兄さんのことをしばらく語り合う。

出口付近に池があった。石の上で甲羅干しをしている亀がいて、その足がまるで空を飛んでいるようにまっすぐに伸びている。スーパーマンのように。

「足！」

と指さしてしばらく眺める。サクがスマホで写真を撮った。30メートルぐらい進んだ時、私も亀の足の写真を撮ろうか、撮りたい、と思い始めた。

立ち止まって、「ママも写真、撮ろうかな…」とつぶやく。

「撮れば？」

振り向くと、あの亀の前に人がふたりいて写真を撮っている。

「やっぱり。みんな気になるんだ」

あわてて引き返すと、みるみる人が集まってきて数人に増えてる。小学生の男の子が近づいて熱心に見ていた。私もしばらく待って、写真を撮る。帰りにまた振りかえると、観客はもっと増えていた。

お土産屋さんが並ぶ坂を下りながらいろいろ覗《のぞ》く。ある店に50パーセントオフのお菓子があった。中は金平糖で、星座の絵の箱がかわいい。迷った末に買わなかったが、その箱のために買ってもよかったかもなあ。

お香のお店、猫グッズのお店…。日が照ってきた。汗が出る。かき氷が食べたい。次にあったら食べようと言いながら八坂神社《やさかじんじゃ》に到着。入口付近によさそうなお土産屋さん兼カフェがあった。かき氷もある。迷わず飛び込んで、私は苺《いちご》、サクは抹茶のかき氷を食べた。

スーッと汗が引いていく。

「やっぱり体の温度を変えるには食べるのがいちばんだね。体の中からね。暑い時は氷、寒い時はあったかい飲み物…」

涼しくなって八坂神社に入る。コロナ対策だろうか、お賽銭《さいせん》箱の上の鈴をひっぱる綱が遠くに引っ込められている。そのかわり定期的に録音された鈴の音が響く。でも音質が違うので最初何の音かわからなかった。

奥の方に歩いて行ったら公園になっていた（円山公園《まるやまこうえん》）。しだれ桜が新しく丸く盛られた土の上に植えられている。なんだろうと見たら、ここはしだれ桜が有名で、これは何代目かのしだれ桜です、と書いてある。ふう…ん。

池のほとりで撮影会をやっていて、舞妓《まいこ》さん姿の女性が数人の男性にカメラを向けられていた。全体的にのんびりムード。人の姿はポツリポツリ。ゆったりしていて、本来これぐらいの人の少なさがいいのでは…と思う。

花見《はなみ》小路《こうじ》を通って建仁寺《けんにんじ》へ。

建仁寺は初めて。京都最古の禅寺と書いてある。国宝の風神雷神図《ふうじんらいじんず》屏風《びょうぶ》の複製が飾られていた。中庭を取り囲むように廊下があって、その廊下がとてもいい感じだった。その中庭は「潮音庭《ちょうおんてい》」といって、石と紅葉の枯淡な四方正面の禅庭。他にも木が1本植わってる小さな中庭があったけどそこは風通しが悪かったので素通りしたら、あとで読んだパンフレットで「○△□乃庭」という宇宙の根源的形態を示した庭だということを知り、あら…じっくり味わえばよかったと思う。

枯山水の庭や龍《りゅう》が描かれた法堂《はっとう》を見る。その龍の絵、写真に撮るとすごく迫力があって美しかった。ここはいいところだった。

それからトコトコ歩いて今日泊るホテルがある三条《さんじょう》へ向かう。

道がよくわからず飲み屋街の細い路地を通ったので気が沈む。昼の飲み屋街は通らない方がいい。

ホテルにチェックイン。ソラリア西鉄《にしてつ》ホテル。わりと新しくできたところ。ネットで見て人気があったので予約したけど、部屋に入ったらその部屋の窓からは前のビルと下の道路が見えるだけでとても息苦しかった。２泊するのでもしできたら２泊目は川沿いの部屋に移りたいのですが、とすぐフロントに電話したら、今日からいいですよといってくれてすぐに移動。川沿いの部屋は少し狭くなるけど窓から鴨川《かもがわ》が見えて全然いい。

ああ、よかった〜。最初の部屋は本当に息苦しかったのだ。

このホテルは敷地内に部屋をぎゅうぎゅう詰めに２００室も作ったそうで公共スペースがほとんどない。ロビーだけ。ふつうのリゾートホテルのようではなく、寝るだけって感じ。でも地下にお風呂《ふろ》があるらしい。あとで行ってみよう。

行ってきました。地下というからいったいどんなお風呂だろうと思ったら、意外とよかった。コロナ対策で人数も6人までに制限されている。ロッカーは36個あったので6分の1だ。それでも入ってる人は私一人だった。黒いタイルと木枠のお風呂。露天風呂もあり、あかり取りから枯山水に光がさす。

あまりのシックさに長居できず、早々に部屋に戻る。

夕食は商店街の中にあるお蕎麦屋《そばや》さんへ行った。時間が早かったせいかお客さんは他に一組だけ。つまみとお蕎麦をいくつか頼む。

帰りは分かれてサクはゲーム、私はホテルオークラでケーキを買って帰った。テレビを見ながらおやつを食べてくつろぐ。

6月28日（日）

今日はサクのパパ、イカちんとお昼。京都に住んでいるのだ。

11時にホテルに迎えに来てくれた。いいところがあるからとどこかの神社の裏の山の上にある小さな木造のお店に山道を登ってたどり着く。見晴らしのいい素敵な小屋だった。いいところに連れてきてくれたわ。お昼前に着いたから最初は人が少なかったけどすぐに満席に。待ってる人もいる。人気のあるところのよう。

小雨がぱらついてきた。

でもすぐにやんだ。

そのあと車で近くをぐるっと回って、またお茶のみにカフェへ。お財布を忘れてしまい、おごってもらった。お昼はおごってくれて、お茶は私が出そうとしたらそこで忘れたことに気がついた。失敗、失敗。

イカちんと結婚前にディズニーランドに初めて行った時、イカちんがお財布を忘れたエピソードを思い出したので、帰りの車の中でその話をする。

「その日はイカちん、口数少なく、妙に押し黙ってたわ。遠慮したのか。お昼もなんか安いの注文してたよ」

ホテルに送ってもらって、しばらく部屋で休憩。サクは競馬中継（宝塚《たからづか》記念）を見ている。好きみたい。重馬場って言ってる。

「雨が降ったからね」

「ああ、そうかここから近いんだ」

4時ごろに外に出て、錦市場《にしきいちば》に行く。お腹が空《す》いてたので、まず牛肉のお寿司《すし》をひとつずつ食べる。

それからたこ焼き、鱧《はも》の天ぷら、エビ串《くし》、稚鮎《ちあゆ》の塩焼き、うなぎ弁当などいろいろ買って、ワインも買って、部屋でのんびり食べた。温められないので冷えた天ぷらと稚鮎の塩焼きはおいしくなかった。うなぎ弁当がいちばんおいしかった。

6月29日（月）

今日、東京に帰る日。

帰る時間を決めてないのでホテルをチェックアウトして気ままに観光。

まず、鴨川沿いを歩いて、イノダコーヒ本店で朝食。私はハムサンドイッチとコーヒー。サクはイタリアンスパゲティとミックスジュース。ここにはずっと前、30年ぐらい前に一度、知人に連れてきてもらったことがあり懐かしい。

それからサクが行きたいと言った三十三間堂《さんじゅうさんげんどう》へ。ここも修学旅行以来だそう。私もカーカと喧嘩《けんか》しながら来て以来。電車で行こうかと思ったけど、暑いのでタクシーにした。

三十三間堂には変わらずたくさんの観音像が立っておられた。全部顔が違う。

「あれなんか特に違うね」とひとつの像を指さす。下あごが突き出ている。

見終えて、建物の外の椅子が並んでるところに座る。とても暑い。次は私が前から行きたかった東福寺《とうふくじ》に行きたい。どうやって行こうか。調べて、バスがあるとサクが言う。あと19分。

そこで待っていたが、「退屈で退屈で死にそう〜」と私が言って、数分早めにバス停へと動き出す。

しばらくして、来た来た。バスで数駅。すぐに着いた。でもそこからお寺まで坂を上らなければならなかった。

テクテクと歩いて、やっと着いた。ここか。

受付で、コースがふたつありますがどうされますか？　と聞かれた。紅葉で有名な通天橋《つうてんきょう》と開山堂のコースが５００円。枯山水の庭を見る方丈のコースが５００円。私が見たいのは石と苔《こけ》が市松模様になっている庭だから枯山水かな？　と思い、両方にした。

通天橋に人がひとり。しばらくしたら誰もいなくなった。今は紅葉はないけど緑が青々としていた。その先の開山堂は修理中だった。

枯山水コースへ。方丈という建物。靴を脱いで進む。右手に北斗七星に見立てた石が白砂の上に並んでいる（北斗七星というのはあとで知ったが）。左手は大きな庭だがこれはあとで。廊下をまっすぐ進んで、曲がると市松模様の庭があった。

「ここ、ここ！」

私が見たかったのは。

苔と石の市松模様。手に持っていたタオルハンカチがその苔の色にそっくりだったのでサクに頼んで写真を撮ってもらう。苔とタオルの色がよくわかるように。

その先に紅葉の有名な渓谷に着き出した「通天台」という舞台があった。だれもいなかったのでゴロンと寝転がって大の字になってモミジの緑色の葉を眺める。こんなに人がいないのも今だけかもしれない…。

最後に、最初に左手に見えた「南庭」という枯山水の大きな庭をじっくり見る。大きな石が横たわっていて迫力があった。渦巻く砂紋も美しい。

外に出て、本堂を見てからタクシーに乗って駅へ。

東福寺はよかった。あんなに人のいない絶好の時に行けたのでもう一生行かなくてもいいかも…。よっぽどのことでもない限り。

京都駅で、まず「はつだ」の和牛弁当を買う。それからサクが友だちにお土産を買いたいと言うのでいろいろ探す。それに時間がかかった。全部終わり、3時39分の新幹線に乗る。いい旅だった。

6月30日（火）

そして今日から宮崎。

予約したタクシーに乗って空港へ。

料金を支払う時、高速代はキャンペーン中なのでいりませんとのこと。「お客さんに来てもらわないといけませんので」と。そうか大変なんだなあ…。こちらはありがたい。

売店へ。いつも見かけるおにぎり屋さんが閉まっていた。天むすを買おうとしたらいつものがない。とりあえず手荷物検査を受けて、中の売店で買おう。

出発ロビーを歩いていて感じた。すごく閑散としている。お店は多くが閉まっていて、人も少ない。3週間前にも飛行機に乗ったけどあの時はまだ緊張感があった。今はガラガラで、寂れているような印象。そうか…、こういうふうなんだ。なんだかハッとするようなものがなしさだ。

鹿児島空港に着いた。天気が悪く、視界不良の場合、引き返すかもとアナウンスされていたのでホッとする。レンタカーを借りて、家へ。途中、食料を買うつもりだったけどあまりの豪雨であきらめる。叩《たた》きつけるようなすごさ。一歩も外に出られない感じなのだ。

家に到着。

まず庭を見る。ドキドキ。豪雨の影響は？

つる性植物を絡ませていたトレリスが2個倒れてる。雨に濡《ぬ》れるのもかまわず起こす。あとは特に問題ない。

いったん家で落ち着いてから買い物へ。

家の前にセッセがいた。作りかけの家を見ている。壁の一部が張られていた。

「ずいぶんできたね」

「いや〜。雨で全然進まないんだよ」

「これからしばらく雨が続きそうだよ」

「家がかわいそうでね…」

と、じっと家を見続けている。

買い物の帰りに川を見たらすごく増水していた。

7月

笑った時、

ゆかったよ

7月1日（水）

今日から7月。

注文していた苗木が続々と届く。

天気予報によると滞在中は今日と明日《あした》だけ晴れて、あとはずっと雨。なので今日と明日で庭仕事をしたいけど、今日と明日は将棋の王位戦だ。これは見逃せない。

将棋を見ながら時々庭に出て庭いじり。植えていたプチトマトやピーマン、なすの実が生《な》っていた。雨でプチトマトの実が割れているので軒下に移動する。きゅうりを摘芯《てきしん》した。バラのシュートを剪定《せんてい》した。

プチトマトとピーマンを収穫して食べたらとてもおいしかった。


夕方6時に将棋の1日目が終わったので川に行ってみた。

すると！

なんと！

水は引いていたけど川原の様子が変わっていた。パンの石がない！　ところどころあるけどほとんどが普通の石だ。やはり増水するたびに地形が変わってしまうんだ。

たくさんあった竹の流木もなくなってる。それでも下を見ながら歩いてパンの石を探していくつか布袋に入れる。

7月2日（木）

王位戦第一局。藤井七段の勝ち。すごい。コロナ自粛が明けてから一段と強くなったような気がする。自粛中にやりたかった研究がじっくりできたんじゃないかなと思う（のちのインタビューでもそう答えてた）。

インドのラダックでの紛争のニュース。最近いっそう激しくなってる。あんずの花がとてもきれいだった…。西遊旅行、海外の秘境専門だったから経営、厳しいだろうなあ…とぼんやり考えていたら携帯電話が鳴った。

うん？

と思って出たら、なんとその旅行会社からで、国内ツアーの案内だった。今は旅行に行けないんです…と丁寧にお断りする。ガンバレガンバレ。旅行会社には苦しい冬の時代だね…。

今日もパンの石を拾いに行く。あんまりいいのはなかったけど贅沢《ぜいたく》は言ってられない。またこれもなくなるかもしれない。じっくり探して布袋に入れる。

見ると、今までなかったところから水が湧き出ている。川の水の流れが変化したのか。先日増水した水が地下を通ってここから湧き出てるのかな。

7月3日（金）

予報通りすごい雨。豪雨だ。

ずっと降り続いている。

ホームセンターに土を買いに行ってから、山登り用のゴアテックスのカッパを着こんで木や植物の苗を植え付ける。雨が体を叩く。叩く。すこし気持ちいい。

雨！　降れ！　もっと！

昼過ぎまでかかってひと通り植えた。あとは雨で根腐れしないように、そのあとの夏の暑さで枯れこまないように願うのみ。

カッパを着てたから服は濡れなかったけど靴がびしょぬれになった。長靴を履くべきだったな。すぐに熱いシャワーで温まる。

午後も夕方もすごい雨。明日にかけてもっと雨が降るそう。

携帯に緊急速報！　すぐ隣の町に避難準備が出た！　高齢者は避難してください、

と。食料、寝具、マスク持参。私は疲れて、早めに就寝。

7月4日（土）

夜中に有線放送で竜巻警報が流れた。時々、雨の音で目が覚める。

朝起きてすぐにニュースをみると熊本県で大雨が降っていた。山をひとつ越えた人吉では球《く》磨《ま》川《がわ》が氾濫《はんらん》している。ものすごい雨が短時間に降ったから。

こっちも豪雨。

セッセから明日しげちゃんと恒例の日曜日のおしゃべりに伺うという電話がきた。セッセの家では以前から雨漏りがひどくて今も滝のように降っているそう。大きなバケツをいくつも置いていて、夜中に何度も起きて水を汲《く》みだして捨てていると言うので興味がわき、見に行く。

確かに、天井に張ったシートから大きな容器に雨水が滴っていた。部屋の真ん中に高さ70センチぐらいの大きいポリ容器と小さいバケツとひしゃくが置いてある。目立つ雨漏りは３ヶ所。小さいのはそれ以外にもたくさんありそう。

「早く家を建てて引っ越さないとこの家は崩れるかもしれないね」

「そう思う」とセッセ。

10時に打ち合わせがあって車で向かったら急に雨が上がった。青空も見える。帰りに川を見に行ったら増水していてすごかった。かなり橋のぎりぎりまで水がきている。これでまた川原の形が変わるだろう。パンの石はもう泥に埋まったかも。

貴重な晴れ間なので剪定や草むしりを急いでやる。紫陽花《あじさい》の剪定、伸びた木の枝を紐《ひも》でくくる、月見草や雑草を地際でカットする。

明日からはまた降水確率１００パーセントが続く。

夜ご飯に豚肉のしょうが焼きを作ったらとても硬かった。どうしてだろう？

調べたら、たれに漬けすぎ、小麦粉を振らなかった、強火で焼きすぎ。

そういえばプチトマト。あれからまた熟れたのを数個食べてみたら最初ほどおいしくなかった。どうしてだろう？

7月5日（日）

朝9時ごろ、セッセとしげちゃんがやってきた。雨が降っていなかったので庭をひとまわりしながら花などを見る。今咲いてる花は少ない。西洋ニンジンボク、山百合《やまゆり》、モナルダ、紫陽花…。

雨がポツポツ降り出したので軒下のベンチに座って30分ほどおしゃべりする。近くの国道で水が出て車が通れなくなっている。いつも水の溜《た》まる低い道路。パトカーが来て、う回路を指示していた。

セッセが家を建てる時、土盛りをしようか迷っていたので、「前にあった洪水の時はうちの駐車場まで水が来たから、今のままだと絶対に水に1メートルか2メートルは浸かるから土盛りした方がいいよ」と言ったら、そうだったかなあと首をかしげていた。そして「土盛りをするとお金がかかるから迷ってる。やめようかと思う」などと言うので、私は何度もした方がいいと言った。結局しぶしぶ土盛りをしたセッセだったが、今回、また水が道路に溢《あふ》れているのを見て、「君が言ってくれて土盛りしてよかったよ。なにしろ安心感がある」とお礼を言われた。

「道の駅」にグッズを置いてもらうことになったので、陳列方法を考え、段ボールにキャプションを書く。

午後からまた豪雨。

川を見に行く。

7月6日（月）

昨日の夜からふたたび激しい雨が降り続いている。夜も朝も警報が鳴っていた。雨の量がとにかく多い。そんな雨の中、剪定枝《せんていし》などのゴミ袋を5つ、ゴミ置き場に運んだ。今日は将棋の順位戦。

昼、雨がやんだのを見計らって「道の駅」に納品に行く。担当のみんなと相談しながら陳列台を設置して、あれこれ工夫する。とりあえず3品だけ置いて様子をみよう。もしうまくいきそうならこれから徐々に新作も作りたい。と、夢が広がる。

ものすごい湿度。

明日《あした》東京に戻るけど準備は明日にしよう。将棋を見ながら時々庭を見てまわる。ピーマン2個、なす1個、なってた。うれしく食べる。

夕方には雨も止んで、風が吹いていて、いい感じだったので川まで行ってみた。水は半分ぐらい引いている。流木が少し。川原には泥がたまってる。水が引いたら全体像がどんなふうになっているのか、今度見るのが楽しみ。

7月7日（火）

今日はまた雨と風が強くなった。飛行機は飛ぶかな。空港までの道路は大丈夫だろうか。余裕をもって移動しよう。

シソの葉を摘んで帰ろうと思っているので雨が小降りになればいいが…。

雨が小降りになったのでシソの葉を摘む。ついでにトマトの熟れたのときゅうりの小さいのも採った。

準備して、戸締りして、レンタカーを返して、空港へ。

空港の売店で、時間があったのでぶらぶら眺める。そしてついつい買ってしまったもの。さつま揚げ詰め合わせ、黒豚の生ハム、シソのジェノベーゼ、ごぼうチップス、うに醤《ひしお》というおいしそうな醤油《しょうゆ》みたいな調味料。

飛行機に乗り込んで、荷物を棚の上にあげようとして、重かったので空中に掲げたままもたついていたら背の高い若者が「あげましょうか」と言ってサッと荷物を入れてくれた。顔は見えなかったけど雰囲気は竹内涼真《たけうちりょうま》（勝手に）。

「ありがとうございます」

心に爽《さわ》やかな風が吹く。

席に座ると、一つの列にお客さんは向こうの端とこっちの端にひとりずつ。6席にふたりで、前後を見ても同じようにまばら。

入口でもらった消毒用のお手《て》拭《ふ》きを開けて手やひじ掛けを拭《ふ》く。アルコール度が高いのだろう。スースーとても涼しい。涼しすぎるほどだ。店先に置いてある消毒液はどれくらい効果があるのだろうか。

雲の上のさわやかさ。晴天カラリ。さっきまでの水っぽさがない。上空から見ると、やはり地球は水の星なんだなあと感じる。

降りる時、機長からのアナウンスで左側に国立競技場が見えますとかなんとか言ってた。今までのコースは千葉県の木《き》更津《さらづ》上空で左に曲がって海ほたるの上を通るか、ディズニーランドを見下ろしながら左に曲がるのだったが、今日は新しいコースのようだ。あの渋谷《しぶや》上空を通るニューコースだろうか。初めてだ。ドキドキ。

地上を見下ろすと見知らぬ街並みがどこまでも広がっている。ここはどこだろう。見覚えのある建物がひとつもない。埼玉県かな。

やっと見覚えのある建物が右手に見えてきた。新宿《しんじゅく》の高層ビルだ。パーク ハイアット 東京が見える。見ると、左側に座っている人たちは左の方を熱心に見下ろしている。国立競技場を見ているのだろう。ちぇっ！ 悔しい！ 私のほうは今度は渋谷だ。渋谷駅のビル群。かなり近い。渋谷ストリームの特徴的な外観、ぶつ切りの白い線が目立つ。

おお。私が住んでる建物も見えてきた。これを前に家の窓から見たんだな。あっちからこっち。

おもしろかった。

空港に着陸するときもビルがすぐ下に見えてちょっと怖かった。予定が変更されたようで遠くの駐機場に止まった。そこからバスに乗って空港へ。バスの一番前に立っていたら、私の小さなキャリーバッグの車輪の滑りがよすぎて、ブレーキがかかった時にすごい勢いで正面にドーンと激突していた。「すみません～」と言いながらあわてて取りに行く。

無事、家に帰りつく。サクがゴロゴロしていた。

買い物に行って、夜は梅しそだれのしゃぶしゃぶを作る。将棋を見ていたら「豚しゃぶ弁当（梅しそだれ）」を藤井七段が注文していたのでおいしそうだと思って。

7月8日（水）

朝、ひさしぶりにゆっくりと「ほとり」を録音する。そしてパソコンでアップしようとしたらエラーが出てフリーズしてしまった。強制終了もできない。

むむ。どうしよう。いつものパソコン救急隊を呼ぶしかないか。10時からだから1時間後だ。自分でどうにかできないか調べてちょこちょこやってみるけど、強制終了もきかないのでお手上げだ。タスクマネージャーも表示されない。何度やっても。いつもならここで無理やりいじってよけいにこじらせてしまうのだが、今日は冷静に考えた。いつもパソコンが動かなくなると、恐ろしいことが起こったと思ってすぐに「大変大変」といじり倒してすぐに人を呼んでしまうけど、静かに待って様子を見てみよう。怖いと思いすぎないで。

で、しばらくしてもういちど強制終了を押したら、今度は動いた。再起動することができた。そして再起動したら、直ってた。

よかった〜。これからは慎重に。SDカードの入れ方がまずかった気がする。急いだから。

家で仕事して、夕方買い物。

明日は棋聖戦第3局。これは見逃せないので明日の分の食料も買いこまねば。いつものようにメニューと買うものをメモる。今日の夜はジェノベーゼスパゲティ、明日の昼はキャベツがたくさんあるからお好み焼き、夜は牛すじカレーにしよう。

買い物に行ったら、礼文島《れぶんとう》のうにの小箱１９８０円というのがあった。礼文島か、懐かしいなあ…と思い、買ってしまった。軍艦巻きを作ってみよう。

作り方を見ながらすし酢を作って、炊飯器の１合分ぐらいのご飯に混ぜる。すしの大きさに握り、細長く切った海苔《のり》をまく。そこに礼文島のうにを慎重にのせた。お醤油をつけて、作り立てを台所で立ったままパクリとたべる。

うん。まあまあ、おいしい。小箱だったので全部で４個できた。　１個５００円か。

7月9日（木）

「ほとり」でスーパーの小さなビニール袋がくっついててうまく開けないという話をしたら、こうやったらいいのではというコメントをいくつか寄せてもらった。今度やってみよう。

今日は将棋の棋聖戦第３局。見ながら家でいろいろ。

西遊旅行から国内ツアーのパンフレットが来た。海外ツアーは今は難しいので少人数の国内ツアーを徐々に開催していきます、とのこと。いろいろ工夫して一生懸命に頑張っている様子が伝わってきた。国内の秘境、野生動物、神社・お寺巡り…。私はツアーもういいと思ってるけど、どんなツアーがあるのかなと興味深く眺める。

牛すじカレー。丁寧に作ったのにあまりおいしくできなかった。牛すじの量が多すぎた。

将棋。熱戦の末、藤井七段が負けてしまった。来週の第4局が楽しみ。

7月10日（金）

昼間は家で仕事。

最近ジムに行ってない。先月は数回行ったけど、人も少なく、いくつかの施設は閉じられていてうす暗く、スタッフにも緊張感があり、なんだか行く気が湧かなくなった。まだまだリラックスどころではないなあ。

7月11日（土）

ずっと家にいる。

「退屈で退屈で死にそう〜」とサクにぐちる。「なにかいい映画でもやってないの？」と聞いたら調べてくれたけど、あまり「これ！」というのはなかった。

「でもけっこう人、入ってるね」
「千《せん》と千《ち》尋《ひろ》の神隠し」の予約画面。ひと席空けて予約をとっていて、真ん中あたりは埋まってる。

で、ネットで「ジョーカー」を見た。

やるせなくもやもやとした気分になる。もや〜、もや〜。

うう。サクにもいろいろ聞く。スパイダーマンのこととか。

で、いっちょ酒でも飲んで気を晴らすか〜、と思う。

夜ごはんは家にある食材で作ろう。食料整理だ。たまにこれをやらないとね。引き出しにあったお蕎麦《そば》を茹《ゆ》でてざるそばにして、残ってるご飯でちりめんシソおにぎりでも作ろう。

マスクをつけていつもの外出装備。最初のころはまだマスクを見慣れなくて、街の人々が全員マスクをつけて動いている景色を遠くから見るたびに「カラス天狗《てんぐ》軍団現る！」と驚いていたが、私も外から見たらそのひとりなのだ。

買ってきました。白ワイン2本と特別おいしいと書かれたアーモンド（特別おいしくはなかった）、チーズ＆マカデミアナッツ、ドライアップル。

買い物しながら思ったけど、今回のコロナ騒動でほとんどの人がみんな自分の生き方を改めて考えたのではないかと思う。考えざるを得なくなった。

今もそう。じわじわ来てる。考えなくてはいけないことが。あれもこれも変わってしまう。変わるかもしれない。なくなってしまうもの。存続できないもの。

その変化を受け入れることができるか。

受け入れざるを得ないのだ。

受け入れることができない人、認めようとしない人は、そのままそこにとどまる。

そこにとどまって、そこで起こることを体で受け止める。

変化に飛び込んだ人もまた、そこで繰り広げられることを体で受け止める。

どういう選択をしても、目の前の景色をそれぞれが受け止めることになる。選んだ人生を生きることになる。

7月12日（日）

今日も家でゴロゴロ。

私は部屋でドラマ、サクも部屋で映画。お腹がすいたらあいだにあるリビングに行って何かつまむ。まるでＴＯＨＯシネマズ我が家。

夕方、買い物に出る。

明日《あした》と明後日《あさって》の分も買う。小さなビニール袋のいい開け方を聞いたのでやってみた。左右に指で引っぱる。うーん。うまくできない。穴が空いたり。何度か引っぱってどうにか開いた。いくつもいくつもその方式でやって8個ほど、袋に入れた。

7月13日（月）

夜遅く、「Us」という怖そうな映画を見つけた。半分まで見て、続きは明日。

将棋の王位戦第2局、1日目。会場が札幌《さっぽろ》で、お昼ご飯もちょっとしたところに豪華な魚介がたっぷり使われていてとてもおいしそう。

最後の封じ手は藤井七段だった。初めての封じ手。封筒の裏に名前を書くのを忘れていて木《き》村《むら》王位がそっと教えてくれてた（忘れたのではなくタイトル保持者が先に書くものだと思い違いしていたそう）。

「Us」を見終えた。前に家族で見て後悔した映画「ゲット・アウト」に雰囲気がよく似ているな～と思ってたら同じ監督だった。後味も同じ。特に見なくてもよかったと思ったが、ゾッとするような不穏なムード作りはとてもうまい。

将棋を見ながら夜はハヤシライス。

7月14日（火）

将棋は藤井七段の逆転勝ち。ＡＩの勝敗予想では85パーセント木村王位が勝っていて、てっきり負けると思ったのでびっくり。勝負はわからない。

お昼にチャーハン、夜はまたハヤシライスの残り。

「これでいい」と思えれば文句は出てこない。

7月15日（水）

明日は棋聖戦があるので今日は食料を買い出しに。明日はスパゲティを作ろう。なにかいいおやつはないか…と探したけどピンとくるものがない。どれもこれも味を知ってる。うろうろ探しながら行き着いた突き当りのパン屋でフレンチトーストとコーンパンを買う。

次に、歯磨き粉を買いにドラッグストアに行ったらＱＰさんとバッタリ会ったので歩きながら近況を話す。最近、全然ジムに行ってないなあ。一度行かない習慣がつくとなかなか行く気にならないものだ。

家に帰ってテレビをつけたら、コロナ感染者がまた増えているというニュース。さっきもＱＰさんと話したけど、これから世の中は変わっていくに違いない。どう変わるのか見るのが楽しみ。

夜はサーモンソテー。海老《えび》とアボカドのサラダ。

7月16日（木）

将棋の棋聖戦。相手の渡辺棋聖はとても頭がよさそう。ちょっと意地悪そうで実はいい人っぽい。

対局のお昼休みに合わせて私もおやつを買いに行く。最近好きなおやつがないのであまり行かない高級パン屋さんに行ってみた。じっと見て、クイニーアマン、コーンパン3個セット、カヌレを買う。会計したら１２１９円だったので、1万円札と２２０円出したら、レジの方が不思議そうにしている。見ると、１００円玉と間違えて１円玉を出していた。１２２０円のつもりが１１２１円。「あ！　間違えた」と笑ってごまかしたけど恥ずかしい。たまにあるこの間違い。慎重に。

藤井七段の勝利。新棋聖誕生。記者会見でまた「満面の笑みで」なんて注文をつけられていた。受け答えも変わらず落ち着いているのでこちらも安心してみていられる。谷川《たにがわ》九段のコメントが印象的。「将棋の本当の強さというのは初見の、初めて見た局面、また混沌《こんとん》とした局面で本質、急所を見極めて最善手を導き出せるか、だと思いますので、その力がいっそう身に着いたのではないかと思います」

初見の混沌とした場面で本質を見極めて最善の行動を取る、というのは人生もそう。

明日から2泊の予定で温泉に行く予定だったけど、コロナ感染が増えてきたので相談の上、1泊に変更した。

7月17日（金）

昨日の夜は旅行の興奮からか3時半まで寝られなかった。なので朝はぼんやり。東京駅で、行く前からこれと決めていた駅弁「東京弁当」を買って、新幹線で食べる。コロナのせいかなんとなく落ち着かず急いで食べた。

周囲にお客さんはいない。

浦佐《うらさ》の駅でタクシーに乗る。タクシー乗り場でおじさんが運転席で新聞を広げて寝転がるようにして読んでいた。私が近づいたら慌ててドアを開けてくれた。

いろいろ話しながら行く。最近はお客さんがとても少ないそうで、「あんなに遠いところまで」と、とても喜んでくれた。途中、私がバンザイ小僧と呼んでいる銅像のところでタクシーを止めてもらって写真を撮る。その近くのにっこり小僧も撮る。これが私のいつもの習慣。

温泉に着いて料金を支払う時、よっぽどうれしかったようでおじさんが缶コーヒーを取り出して私にくれた。かえって恐縮する。

のんびりと温泉に入り、静かに瞑想《めいそう》気分。途中眠くなってうつらうつらした。2時間ほど入って部屋でぼーっとする。

夕方、なごさんが到着して、夕食を一緒にいただく。野菜がたっぷりで味つけも繊細。おいしかった。食後も温泉に入る。

7月18日（土）

朝。5時半に目覚めた。パチリと。

もう眠れそうにないので6時半から7時半まで温泉へ。8時に朝食。朝食もほっとするおいしさだった。

通路の売店には女将《おかみ》チョイスのひとひねり効いた品々が並んでいる。それがいつも気になり、手書きの説明文を読むとますます気になり、ついつい買ってしまう。今回もふたつ買った。

帰りのバスを待つ間、玄関の外で女将さんと3人で立ち話する。今年は緑が鮮やかで鳥が多い、とのこと。私も鳥がたくさん庭に飛んでくるなあと思っていたので同感。コロナのせいでしょうか？　と話が弾む。前向きに、どうにかなるという気持ちでやっていきましょうと話す。

そして10時26分のバスに乗って帰途に就く。乗り換えの越後《えちご》湯沢《ゆざわ》駅で急いで三条《さんじょう》市名産の爪切りを買いに走る。カーカにもお土産に買った（私のはニッパー式、カーカのは普通タイプ）。

帰りの東京駅でまた駅弁を３つ買った。「牛肉どまん中」と「峠の釜《かま》めし」とカニといくらとホタテが載ってる海鮮弁当。売店もホームも昨日より人が少ない。みんな自粛しているのだろうか？ 山手《やまのて》線も空《す》いていた。

家に帰り着く。今日は駅弁で昼ごはんと晩ごはん。夜おそくにミニうどんを作る。疲れたので早めに眠る。

7月19日（日）

朝方は曇っていたけど、昼頃から天気がよくなった。さわやかな青空が広がっている。私は今日は休養日。

午後、ちょっと買い物。パン屋さんで最近好きなクイニーアマン。スーパーでお刺身やお豆腐などを買う。移動するたびに入口で手の消毒を丁寧に。

暇なので、雑草たい肥の作り方や剪定《せんてい》の勉強を少し。早く宮崎に帰って庭仕事をしたい。今のところ、１週間後の27日に帰る予定。天気予報ではそのころはまだ雨が降り続いてる。早く梅雨が明けないかな。

野菜の生長とヤマモモの木の下に吊《つ》り下げてきた観葉植物が気になる。

夕方、公園に花を見に行ったら小さな痛い蚊に刺され、あわてて飛び帰る。足を1ヶ所、左手の親指を4ヶ所も刺されていた。

前に、丸くて小さなクッションカバーが破れてしまってほかの布で作り直したと書いたが、その同じクッションがもうひとつあり、そこにも2ヶ所穴が開いた。それを夜、チクチクとあて布をして繕う。かわいく完成。満足。

7月20日（月）

今日も暇。

何もすることがない。

暇。

テレビをなんとなく見て、午後、サッと買い物。大根と牛肉の煮物をゆっくり作る。

もうすぐ夕方になって夜が来て、今日も一日が終わるのだろう。

そういえば、先日、ひさしぶりにメルカリで本を売って、郵便局に出しに行った。スマホのバーコードを機械にかざして出てきた紙を封筒に張りつける。受付に出したら、「あの…、これは…？」と聞かれた。見ると内容物の欄に「ホント」と書かれている。「本」と入力したつもりが！

すみません～と笑って、説明しながら訂正する。恥ずかしかった。中身、「ホント」だって。

うちの観葉植物。もう長いことある緑色の変わった植物。おもしろく形作ることのできる植物なので、ぐるぐる曲げたりして写真を撮る。

7月21日（火）

今日も暇。家にいると牢屋《ろうや》に閉じ込められているみたい。

仕事しようか。写真詩集の写真選び。でもやる気が起こらない。まったくやる気がわき起こってこない。なぜだろう。

写真をひと通り見てみた。うーん。まだ今やらなくてもいいのかもしれない。時が来ていないのかもしれない。無理するのはよそう。詩を書いてから写真を選んでもいいか。ひと通り見たことで、なんとなく感じはわかった。

家にある材料でご飯を作る。玉子とベーコンとキャベツのキッシュ風玉子焼き。豆腐のみそ汁。冷凍しておいたカレー。

7月22日（水）

今日も退屈、退屈、退屈〜。

「ほとり」の録音をする。最後あたりで話したことがよかった。自分的に。それはこういう感じ。

来年の3月で、人として生まれて、やるべき課題がほぼ終わる（子育てが終わる）。そこから私は本当にただの自分になり、自由になれる。その時にどう感じるのか今はまったくわからない。その時にどう感じるのかが楽しみだ。今までは現実社会と自分の心を行ったり来たりの中途半端な状態だった。時間や人を気遣ったりしていた。それをしなくてよくなる。ひとりの時間は増えるだろうけど、たぶん孤独感は減るような気がする。

年末にアマゾンオーディオブックでつれづれノート㊲『過去のすべては今の中にあ

る』が発売されることになり、候補の声優さん3名のサンプルを聞く。どの方も何種類もの声としゃべり方ができて、すごい！　と思った。パッと聞いてこの人がいいと思った方がいた。できるのが楽しみ。

買い物に行ったらジムでたまに会う方にバッタリ会った。彼女は、しばらく行ってなかったけど最近行き始めたそう。人が少なくて、プールは数人、サウナは貸し切り状態、って。「サウナ、再開されたんですか？」と聞いたら、再開されたって。そうなんだ〜。行ってみようかな。

サクが「今日、ライブ」と言う。

「見る方？　やる方？」

「やる方」

「えっ！　今？」

聞けば、1ヶ月ぐらい前に決めたのだそう。

「そうか…。あの頃は緩和してたからね〜」

「たぶんお客さんはほとんどいないと思う」

会場費を支払うから赤字だとわかっていても予約したからしょうがない…みたいな

感じか。でも今後もう当分はライブはやらないと言う。

「コロナにかかるか。かからないか。どっちか。運命の日だね。頻繁に消毒して、水を飲んでね」と注意する。こんなに感染者が急増し始めた時にライブとは。

狭い密閉空間。サク、一《いち》か八《ばち》か！

夜9時ごろに帰ってきた。どうだった？ と聞いたら人もポツリポツリと少なく、コロナにかかった気はしない、とのこと。私はいつにないことだが消毒スプレーをドアの取っ手や蛇口にかける。

利尻昆布ヘアカラートリートメント3回目。いい感じ。アレルギーも出てない。

7月23日（木）

朝方、雨が強く、だんだんやんできた。

家で暇にすごす。午後、買い物に出て明日の分も買う。4連休初日だけど雨だし東京は自粛お願いが出てるので人出はそれほどでもなさそう。

夜はしゃぶしゃぶ。具はキャベツともやしと豚肉だけ。鍋《なべ》は具が少ないのが好き。疲れないので。

7月24日（金）

くもり。

今日は竜王戦の日なので、始まる時間に合わせてチーズトーストとチャイを作って準備。のんびり観戦する予定。

今、気になることは5G戦争。中国とアメリカ。日本はどっちにつくのだろう。中国君グループとアメリカ君グループがいて、日本君はどっちに入る？ と聞かれたら、私はアメリカ君グループ。アメリカ君グループに入ったらせいぜい子分だろうけど、中国君グループに入ったら殺される気がする。

昨日の「ほとり」で「これから何が起こっても2年、生きぬくことを考えて」と話した。どういうことかというと、これから他にもいろいろと驚くことが起こるかもしれないけど、どんなことが起こってもパニックにならずに2年（本当は3年と言いたいところだけど3年は長すぎると思うかもしれないから）とりあえず2年、生き延びる覚悟で気をしっかり持ってほしい。何が起こっても、そこで悲観せずに「あと2年、生きればどうにかなる」と念じて、自暴自棄にならずに落ち着いて過ごしてほしい、と私は伝えたかった。予想しない大変な事態というのはいつでも起こる可能性がある。そのために前もって最悪の事態になった時にどうするかをシミュレーションすることが大事だと思う。私はずーっとそれを考えて生きている気がする。

竜王戦は負けてしまった。相手の丸山《まるやま》九段がとても強かった。

7月25日（土）

今日はひさしぶりに家族3人で食事する予定。サクが焼肉の叙々苑《じょじょえん》に行ったことがないので行ってみたいと言うから予約したけど、虎ノ門《とらのもん》ヒルズに新しくできた高級横丁、虎ノ門横丁の動画を見た私がそこに行きたくなったので変更した。予約困難店の支店がたくさんあるらしい。

約束の4時を目指して地下鉄で行く。カーカとは4時。サクは5時に来る予定。電車に乗ってたらカーカから時間を1時間間違えてたので遅れるとラインが。

ええっ！　もう。

新しくできた虎ノ門ヒルズ駅。駅からは階段でずいぶん上った。地上に出ると目の前の大きな交差点が工事中でとても殺伐としている。人もあまりいないし、湿度も高く、不快指数満点。こんなところなのか。てっきり地下鉄から地上に出ずに直接ビルに入れるのかと思った（あとで調べたらもっといいルートもあったみたい）。ビルの姿は見えるがそこまで行く方法がわからず、工事のおじさんに尋ねながら進む。やっとの思いで虎ノ門ヒルズのビルへ入る。中は薄暗く、心細い。ますます気が沈む。カーカが来るまで手《て》持無《もちぶ》沙《さ》汰《た》なので虎ノ門横丁にあるというジンの蒸留所のあるバーで先に1杯飲みながら待つことにした。

　渡り廊下で隣のビルに移動。そこからは快適。

　虎ノ門横丁に着いた。手を消毒して進む。新しい小さなお店が並んでる。まだ人は多くない。虎ノ門蒸留所というお店はおしゃれなバー&居酒屋。カウンターで立ち飲みもできる。テーブルは人が多かったので立って飲むことを選択。店の人もあまり慣れてないようでぎくしゃくしてる。

　ジントニックを注文して飲みながらカーカを待つ。とても落ち着かない。もう帰りたい気分。

　やっとカーカが来た。よかった〜。ホッとする。

　そこを出て、店を見ながら一周。名店や新生、全部で26の店舗があるそう。とりあえずサクを待つために入口付近の居酒屋へ。海水ウニやお刺身をつまみにビールをいただく。しばらくしたらサクも来た。

そこからいくつかのお店をはしごした。塩とオリーブ油で食べる寿司《すし》、行きたかった焼き鳥屋はいっぱいだったけどもう一つの焼き鳥屋、鮎《あゆ》ラーメン、デザート専門店。5つも。最初のお店を入れたら6つか。

おいしいと思ったものとおいしくないと思ったものがあった。一番おいしいと思ったのは鮎ラーメン。今日は行かなかったけどいつか食べたいと思ったのは赤坂璃宮《あかさかりきゅう》の蒸し鶏《どり》ご飯。

集合が早かったので家に帰ったのは8時半ごろ。カーカとしばらくおしゃべりして、お土産の爪切りや焼き肉のたれなどをあげる。

7月26日（日）

今月初めてジムのプールへ。

あいかわらずコロナ対策万全。消毒、問診、検温。重々しい雰囲気で中に入る。息詰まる。

プールでは静かに泳ぐ。ジャグジーに顔見知りがいたので2メートルほど離れて少ししゃべる。お風呂《ふろ》ではサウナが解禁になっていた。7人限定で会話禁止。二人の方が入っていたけど顔も合わせないように微妙な会釈だけで沈黙。2分ぐらいで出た。ふう。

なんかリラックスできないわ。

と思って帰ったら午後、疲れたのか眠くなって昼寝。やっぱりちょっとでも運動するのは体が疲れていいのかもなあとジムを見直す。とはいえ明日から宮崎なので、今月は1回行っただけ。

7月27日（月）

飛行機はやはり空《す》いていた。見るとお客さんはほぼ仕事の男性ばかり（に見える）。

レンタカーを借りて、帰る途中に食材を買う。東京帰りなので当分誰にも会わないように家に籠《こも》る予定。

雨がやんでいたので庭を一周する。思ったほど大変なことにはなっていない。気になっていた木や植物などをチェック。

とりあえず今日は疲れたので早めに就寝。

7月28日（火）

今日から確か梅雨明けのはず。

いい天気。

洗濯して、庭をまた見る。きのう見逃していた大きなきゅうりが1本、地面で実ってた。35センチほどもある。すごく大きい。これに力を注いでいたのだな。さっそくサラダと塩漬けにする。きゅうり特有の味はあまりないけどみずみずしくておいしい。

昼前にちょっと草取り。疲れないように少しずつやっていこう。

花柚子《はなゆず》の葉っぱが黒くススがついたようになっていた。これはあのくちなしの葉っぱと同じ病気かも。急いで葉っぱをキュッキュッと水拭《みずぶ》きする。きれいになった。

セッセが家を作っていたので挨拶《あいさつ》に行く。梯子《はしご》の上に乗って釘《くぎ》を打っていた。警戒しているのか梯子から下りてこなかった。

夕方、パンの石はどうなったかを見に川原へ。すると、また地形が変わっててパンの石がたくさん転がってた。そして見たことのない大きな灰色の石垣のような石もたくさんあった。流されてきたのか、土が流れて洗い出されたのか、

家に入る時に見えた塀の外の草が気になる。すぐに草取りをしたくなった。ちょっとやろうと思って始めたらやぶ蚊にたくさん刺された。けど途中でやめられずに一生懸命最後までやる。

科学者の武田邦彦氏とウイルス研究者の宮沢孝幸《みやざわたかゆき》氏のニューソク通信社のネット対談がスケールが大きくてとてもおもしろかった。

宮沢先生の話。「だいたい日本列島では1万年に1回ぐらい火山の噴火などの大災害が起きるから今はたまたま7千年ぐらい平和なんですよ。今回のコロナウイルスなんて微々たるもの。南海《なんかい》トラフも微々たるもの。最近学んだんですけど、太陽災害っていうのがやばいんですよ。１００年に1回ぐらいでかいやつ、太陽コロナが来ると人工衛星が吹っ飛ぶんです。１０００年に1回ぐらいのが来たらオゾン層も吹っ飛ぶ。10万年とか１００万年に1回とかはもうわからない。僕らは億単位の生命の歴史・進化を考えていて、それはすごく興味深くて、その時にどれくらいの電磁波を浴びるのかを考えると、遺伝子もやられるんだけど逆にレトロトランスポーザも活性化して一気に進化するんじゃないかって。生物が急にバーンと進化する時があって。生物は危機状態になったら多様化に向かうんですよ。もしかしたら太陽から定期的にやってくるものがあって、僕ら、進化してきたんじゃないかって。その時にどれくらいの放射線を浴びるのかを計算したりして、その痕跡《こんせき》がＤＮＡの中に残ってるんですよ。動物の中に。それがだいたい同じころにいっせいにバーンと進化することがあっておもしろいんです」

スケールの大きな話を聞くとワクワクして気が大きくなり、恐怖心が薄らぐ。

そういえばサクおすすめのドラマ「梨泰院《イテウォン》クラス」を見終えた。よかった。14話では泣いた。ギリギリ見れたけどギリギリだった。もうちょっとドタバタしてたら途中でリタイアしてただろう。

7月29日（水）

朝、山鳩の声で目が覚める。庭に出ると一面の霧。

とても幻想的。

朝露で蜘蛛《くも》の巣が目立つ。竹ぼうきを持ってきて蜘蛛の巣を払いながらもう一周。

サーッサーッと振り回してたら木の枝がいくつか折れてしまった。

政府のコロナ対策だが、今は共存していく方法を模索中なのでしばらく迷走したりゴタゴタしたりするのは仕方ないのだろう。それにしても過剰な自粛は不要だと思うけど。宮沢先生の提唱する「１００分の1作戦」がいいと思う。宮沢先生はコロナとの攻防は50年続く覚悟で、とおっしゃっていた。それを聞いて私はかえって肝が据わった。人々もそのうち慣れてきて、今のような過敏な反応は徐々におさまっていくだろう。

洗濯ものを干しながらついつい夢中になって足元の草をむしる。これが楽しい。

今日は将棋の日。順位戦。パソコンを前に置いて、他のことをしながら観戦する。

お昼休憩の時間に買い物へ。するとしばらく走った車の中でマスクを忘れたことに気づいた。

どうしよう…。

取りに帰るのはめんどくさい…。今あるものはビニールバッグ、日傘、財布。なのでホームセンターではたたんだ日傘で顔を隠してレジに立つ。次に行ったコンビニではさすがに日傘はやめて、レンタカーの書類で口元を隠した。声もほとんど出さず無事に買い物を終える。

時々庭に出て草花や木をチェックする。オキシペタラム（ブルースター）の種ができていて見たらびっくり。きれいにそろった綿毛が鞘《さや》に収まっている。乾いたらこれが飛んでいくのだろう。集めてビニール袋に入れた。調べたらガガイモ科の植物だった。

いつもユニクロのストレッチレギンスを穿《は》いて作業しているのだが（色違いで3本も買った。ウエストが苦しくないようにXLにしたらさすがに大きすぎてだんだんずり落ちてくるのは失敗）、ふとタグを見たら、なんとヒートテックだった。暑いと思った！　ずーっとこれで去年の夏もやってたかと思うと笑える。

川原の石をいろいろ拾い集めてきたけど、川原の石を拾ってはいけないのだそう。なので写真をたくさん撮ってから返しに行った。思うぞんぶん撮りまくった。うちの母の畑からも茶色い石がゴロゴロでるから、必要な時はそれをもらうことにしよう。

さて、黒酢。

鹿児島の有名なかめ壺《つぼ》に入った福山物産の玄米黒酢。お酢は苦手だけどちょっと試しに使ってみようと思い、今回、空港で買ってみた。甘いシークワーサー酢は薄めて飲んだらおいしかった。黒酢は、鶏肉《とりにく》と夏野菜を揚げて甘酢にしてからめようと、さっそく夜ごはんに作った。小さな鍋《なべ》で揚げたらとても時間がかかった。2時間ぐらいはかかった気がする（体感時間）。へとへとになったので軽くつまむ程度にする。甘酢に浸けて、明日食べよう。

7月30日（木）

今日と明日は一生懸命仕事をする予定。

まずは洗濯。冬物の毛布（今ごろ！）。仕事は、ちょこちょことしたことをやりながらずるずると後回し。午前中はほとんどそういう行動で終わる。

午後からやろう。


『こういう旅はもう二度としないだろう』の文庫版ができて見本が送られてきた。オビの言葉は「したくてもできないだろう。旅ができるということは奇跡のように素晴らしいこと」。最後に思いついて描いた気の抜けたような哲学的なカバーイラストがピッタリ。なんとも不思議な雰囲気だ。担当編集者も「なんだか今の時期に本当にぴったりです…」と。

ホントに、海外への旅ができるようになるのはいつだろう。いつかできるようになるのだろうか。いつかできるようになるとしてもそれはずいぶん先のことかもなあ。


生のライチがおいしいと聞いた。宮崎産のをスーパーで売ってたので買って食べてみた。おいしいと言えばおいしいか。昨日の黒酢のおかずは食べたけどそれほどおいしく思えなかった。鶏のから揚げが硬くなってて、失敗。

いろいろな人の動画を見ることが最近多いんだけど、まずはっきりと向かってる方向が私とは違う、価値観が合わないと言えるのは、お金儲《かねもう》けしたい、お金が欲しいと思ってる人。その観点で見てみると世の中の人ははっきり分かれる。お金に執着している人と、そうでない人。お金、お金と思ってる人っている。お金に過剰に意識が向いてる人が。お金には二通りあって、生活に必要なお金とそれ以上のお金がある。生活に必要なお金がない人は気の毒だと思うが、それ以上のお金を必要としている人は人生の目的や価値がそっちにある人だ。

私はお金に関してはもう卒業した。

7月31日（金）

つれづれ㊳の原稿チェック。なかなかエンジンがかからず、ずるずるとのばしのばしに。でも今日中には終えたい。終えるぞ。終わったら次にやりたいことがいろいろ待っている。

外は暑い。陽射しがカッと照りつける。それでも仕事のあいまにふらりと外に出て、草を引き抜いたり植物を観察したりする。それが私のリラックス。

午後、郵便を出しにちょっと郵便局へ。空気は灼熱《しゃくねつ》。

着いて、気づいた。またマスクを忘れた！　でも今日はハンカチを持っている。しかも着ているワンピースと同じ色。なのでハンカチを口に当てて無事に郵便を出す。帰りがけ、備えつけの消毒液を手につける。ゼリー状のやつだった。

家に帰ると、強い香水のような匂いがする。あの消毒液だ。ものすごい匂い。泡のハンドソープで洗ったけど匂いがとれない。白い固形石けんで洗ったらどうにか薄くなった。

テレビをつけたら東京も沖縄も感染者が過去最高と言っている。今後もどんどん増えそうだけど、ある程度増えるのを横目で見ながら日常を継続していくしかないだろうなあ。

ニュースを見ていると、「街の声」といってよく一般人がインタビューされているが、私はそれが始まるとすぐに消音にするかチャンネルを変える。なぜならそれは「街の声」に代弁させたテレビ局の意見だから。編集（取捨選択）されている時点で、それは正確な声ではない。

窓からの景色の、ここにこういう木を植えたい、ここにこういう植物があったら、と考えるのが今の楽しみ。

渡り廊下の外に、真っ赤な花がボンボンと咲く木を植えたいと思っていて、どんな木がいいか、熱心に考えている。いろいろ考えて、候補は「フレンチキャバレー」というパリのキャバレーダンサーのペチコートに似ていることから名づけられたという八重咲きのフランス産最新ムクゲ。「カーネーションに似た花は珍しい濃いワインレッド」と書いてある。大きくしたいけどなあ。これはコンパクトな品種なんだって。実は家の塀のところに今年の春に購入して植えたのがあって、それを冬になったら移植しようかと考えている。今はまだ1メートル弱ぐらいだけど。空いたそこにはいつのまにか生えてた百日紅《さるすべり》を移植しようかな…。

あれこれ考えていると次から次にやりたいことが思い浮かび、夢がふくらむ。

1日《にち》1個《こ》、川原《かわら》にパンを拾《ひろ》いに行《い》く。

つれづれノート㊳

銀《ぎん》色《いろ》夏《なつ》生《を》

令和2年 10月25日　初版発行

発行者●青柳昌行

発行●株式会社KADOKAWA
〒102-8177　東京都千代田区富士見2-13-3
電話　0570-002-301（ナビダイヤル）

角川文庫 22376

印刷所●株式会社暁印刷
製本所●株式会社ビルディング・ブックセンター

表紙画●和田三造

●お問い合わせ
https://www.kadokawa.co.jp/（「お問い合わせ」へお進みください）
※内容によっては、お答えできない場合があります。
※サポートは日本国内のみとさせていただきます。
※Japanese text only

ISBN 978-4-04-109972-8　C0195

角川文庫発刊に際して

角　川　源　義

第二次世界大戦の敗北は、軍事力の敗北であった以上に、私たちの若い文化力の敗退であった。私たちの文化が戦争に対して如何に無力であり、単なるあだ花に過ぎなかったかを、私たちは身を以て体験し痛感した。西洋近代文化の摂取にとって、明治以後八十年の歳月は決して短かすぎたとは言えない。にもかかわらず、近代文化の伝統を確立し、自由な批判と柔軟な良識に富む文化層として自らを形成することに私たちは失敗して来た。そしてこれは、各層への文化の普及滲透を任務とする出版人の責任でもあった。

一九四五年以来、私たちは再び振出しに戻り、第一歩から踏み出すことを余儀なくされた。これは大きな不幸ではあるが、反面、これまでの混沌・未熟・歪曲の中にあった我が国の文化に秩序と確たる基礎を齎らすためには絶好の機会でもある。角川書店は、このような祖国の文化的危機にあたり、微力をも顧みず再建の礎石たるべき抱負と決意とをもって出発したが、ここに創立以来の念願を果すべく角川文庫を発刊する。これまで刊行されたあらゆる全集叢書文庫類の長所と短所とを検討し、古今東西の不朽の典籍を、良心的編集のもとに、廉価に、そして書架にふさわしい美本として、多くのひとびとに提供しようとする。しかし私たちは徒らに百科全書的な知識のジレッタントを作ることを目的とせず、あくまで祖国の文化に秩序と再建への道を示し、この文庫を角川書店の栄ある事業として、今後永久に継続発展せしめ、学芸と教養との殿堂として大成せんことを期したい。多くの読書子の愛情ある忠言と支持とによって、この希望と抱負とを完遂せしめられんことを願う。

一九四九年五月三日